我爱比尔

王安忆——

著

人民文学出版社

图书在版编目(CIP)数据

我爱比尔/王安忆著. —北京：人民文学出版社，
2018
（中国中篇经典）
ISBN 978-7-02-014395-5

Ⅰ.①我… Ⅱ.①王… Ⅲ.①中篇小说-小说集-中
国-当代 Ⅳ.①I247.5

中国版本图书馆 CIP 数据核字(2018)第 127511 号

责任编辑　甘　慧　杜玉花
装帧设计　汪佳诗
封面绘画　林　田

出版发行　人民文学出版社
社　　址　北京市朝内大街 166 号
邮政编码　100705
网　　址　http://www.rw-cn.com

印　　制　山东临沂新华印刷物流集团有限责任公司
经　　销　全国新华书店等

字　　数　108 千字
开　　本　890 毫米×1240 毫米　1/32
印　　张　6.5
版　　次　2019 年 4 月北京第 1 版
印　　次　2019 年 4 月第 1 次印刷

书　　号　978-7-02-014395-5
定　　价　45.00 元

如有印装质量问题，请与本社图书销售中心调换。电话:010 - 65233595

目录

我爱比尔

缓慢起伏的丘陵的前方，出现一棵柏树。在视野里周游了许久，一会儿在左，一会儿在右。其余都是低矮的茶田，没有人影。天是辽阔的，有一些云彩。一辆大客车走在土路上，颠簸着。阿三看着窗栅栏后面的柏树，心想，其实一切都是从爱比尔开始的。

　　说起来，那是十年前了。阿三还在师范大学艺术系里读二年级。在这个活跃的年头，阿三和她的同学们频繁地出入展览会、音乐厅和剧场，汲取着新鲜的见识。她们赶上了好时候，什么都能亲闻目睹，甚至还可能试一试。阿三学的是美术专业，她同几个校外的画家，联合举办了一个画展。比尔就是在这画展上出现的。

画展的另两个画家，是阿三业余学画时期的老师，也是爱护她的大哥哥，都是要比阿三年长近十岁的，在"文化大革命"中度过他们的青春时代。在他们的画里，难免就要宣泄出愤懑的情绪，还有批判的意识。相比之下，阿三无思无虑的水彩画，便以一股唯美的气息吸引了人们。在圈内人的座谈会上，阿三声音颤抖地发言，说她画画只是因为快乐，也吸引了人们。这阵子，阿三很出了些风头。当然，随着画展结束，说过去也过去了。重要的是，比尔。

　　比尔是美国驻沪领馆的一名文化官员。他们向来关注中国民间性质的文化活动，再加上比尔的年轻和积极，自然就出现在阿三这小小的画展上了。比尔穿着牛仔裤，条纹衬衣，栗色的头发，喜盈盈的眼睛，是那类电影上电视上经常出现的典型美国青年形象。他自我介绍道：我是毕和瑞。这是他的汉语老师替他起的中国名字，显然，他引以为荣。他对阿三说，她的画具有前卫性。这使阿三欣喜若狂。他用清晰、准确且稚气十足的汉语说：事实上，我们并不需要你来告诉什么，我们看见了我们需要的东西，就足够了。阿三回答道：而我也只要我需要的东西。比尔的眼睛就亮了起来，他伸出一个手指，有力地点着一个地方，说：这就是最有意思的，你只要你的，我们却都有了。

这几句对话沟通了他们，彼此都觉着很快活。

比尔问阿三，"阿三"这名字的来历。阿三说她在家排行第三，从小就叫她阿三，现在就拿这来做笔名。比尔说他喜欢这个名字。阿三也问他"毕和瑞"这名字的意思。比尔认真地解释给她听，这是一个吉祥的名字，"和"是"万事和为贵"的"和"，"瑞"是"瑞雪兆丰年"的"瑞"。阿三见他出口成典，就笑，比尔也笑，再加上一句：我喜欢这个名字。阿三觉着这个年轻的外交官有点傻，你逗他，他却认认真真地回答你，你笑，他也笑。他随和得叫阿三都不相信，怎么都行似的。可阿三也能看出，他不怎么愿意叫他比尔。如要叫他毕和瑞，却又轮到阿三不愿意了，她觉得这是个名不副实的名字。于是她对比尔说：你要我叫你中国名字，你就也要叫我英文名字。比尔就问她的英文名字是什么，她临时胡诌了一个：苏珊。比尔说：这个不好，太多，我给你起一个，就 Number Three。阿三这时发现，比尔并不像他看上去那么老实。

就像爱他的中国名字一样，比尔爱中国。中国饭菜，中国文字，中国京剧，中国人的脸。他和许多中国人一样，有一辆自行车，骑着车，汇入街道上的车流之中。现在，他的身边有了阿三，骑的是女式跑车，背着一个背囊，像是要跟着他走天涯似的。其实呢，两人赛车般地疯骑着，最后是走进某个宾馆，去那咖啡座喝饮料。这种地方，是有着势利气的。有一回，比尔去洗手间，阿三一个人先去落座，一个小姐过来送饮料单，很不情愿的表情，说了句：要收兑换券。阿三不回答她，矜持地坐着。等比尔进来，在她对面坐下，小姐再过来时，便是躲着阿三眼睛的。阿三心里就有些好笑。还有些时候，遇到的是一个轻浮的小姐，和比尔打得火热，而把阿三晾在一边，阿三心里也好笑。再听到比尔歌颂中国，就在心里说：你的中国和我的中国可不一样。不过她并不把这层意思说出口，相反，她还鼓励比尔更爱中国。她向比尔介绍中国的民间艺术：上海地方戏，金山农民画，到城隍庙湖心亭喝茶，还去周庄看明清时代的民居。

周庄真是把比尔迷住了。那些小石桥在比尔的大身躯之下，像个小世界。比尔在周庄的桥上走过去，引来一些人跟着。有一个老妇就扯扯阿三的衣袖，很内行地问：他是什么国的人？阿三说：美国。老妇撇着嘴不以为然地说：前几天来过三个英国人，带的照相机比他的大，是托在肩胛上的。这时，比尔和两个小孩攀谈上了。他们告诉比尔，有一户人家的灶间里，也开了一条河，船可直接走进房里。比尔就让他们带路去。两个小孩走在前边，就有别的孩子嘲笑他们，还向他们扔石子。他俩险些儿就要打退堂鼓，还是比尔稳住了局势。他回过身邀请大家一起去，那些孩子则红了脸，退缩了。中午饭以后，比尔和阿三再出现在周庄著名的双桥上，人们就已经熟悉了他们，甚至还有人问道，有没有吃过饭？本是当天就要回去的，可是下午的宁静留住了他们。等到夕照来临，将那桥下的水染金，炊烟也染金，比尔就更走不脱了。他听见了唱晚的牧歌。

他们就决定明天早上回去。

周庄的旅馆大约也是明清时代的，板壁的结构，推开二楼的窗，看着楼下沿水的街市，清明上河图似的。他们俩隔着一面板壁，各从各自的房间窗户伸出头去，看风景，聊天。黄昏的光线是很细致的，连水波都构出了细纹，<u>丝丝缕缕</u>的。比尔背诵起《桃花源记》，阿三没一句接得上的，也没一句听得进的。想的是些别的事情。后来，天黑到头了，月亮又没升起来，竟连一线光也没有了。两人在一间房内坐了一时，心情忽变得惨淡，甚至有些后悔留在这里。各人都搜寻着话题，想渲染一下气氛，终也没有结果，便分手就寝。关灯前，阿三听见板壁上响了三记，也叩了三响，彼此就算道了晚安。同时，还生出一点相濡以沫的亲切心情。夜里，阿三醒来一次，发现房内特别明亮，抬头一看，月亮正在周庄的天空。静静地想着，比尔就在隔了一层板的地方，似乎能听见他的鼻息声。可是待她敛息屏气仔细听去，听到的却是哪里传来的电视机里的节目声。阿三这才晓得，其实还不很晚呢。早晨，阿三起来一个人出去转悠。转悠到一处，见薄雾中有一个身影伫立着，走近去，那人转脸朝她一笑，原来是比尔。两人都有些一日不见，如隔三秋的心情。

　　周庄之行使阿三和比尔亲近了一步，建立起一点个人间的关系。在此之前，他们就好像两个文化使者似的，进行着友邦交流。他们再坐到酒吧喝酒，双方的心情都有些变化。有一回，比尔新要了一种酒，让阿三尝尝。他将酒杯递近去，阿三伸过脖子，噘起嘴凑到杯沿上。忽然一抬眼，遇上比尔的眼睛，两人停了有一秒钟，有一些重要的事情就在这一秒钟里发生了。

　　阿三长的是一双猫眼，通常眯缝了细细一条望着你，忽然间却睁开了，又大又圆。这使她看上去有一种东方的神秘。当它们从垂帘的刘海后面对着比尔的时候，比尔的心就一颤，一股温柔的冲动击中了他。他第一次拥抱阿三，感觉到这小小的柔软无骨的身躯，觉着这女孩太像是九条命的猫变的。他把这个意思说给阿三听，阿三就问：为什么是九条命的？比尔说：在我们西方，就这么认为，猫能够死九次。阿三说：可我死一次就够了。比尔听了，就去吻她，发现她的唇舌也是神秘的，似开又似合。比尔激动难捺，不知把她怎么好。怀里这个肉体的暧昧不明，具有着极大的挑逗性，比尔始料未及。但他最终想到了中国女性的贞操观。汉语老师曾经给他们讲过一本中国古代的《烈女传》，给他留下崇高和恐怖的印象。于是，他努力使自己平静下来了。

阿三提起的心放下了，却惶惶地不安。她想，是不是她做错了什么，叫比尔没了兴趣，或者是她太不够主动，也叫比尔没了兴趣。这天余下来的时间里，两人都有些沉闷，各自若有所失。分手时，比尔摸了摸阿三的脑袋，这叫阿三觉出，比尔还是对她有感情的。这天阿三回到学校宿舍，在帐子里好好地审视了一番她的身体。审视的结果是，她的身体没有问题。在灯光的暗影里，显得纯洁无瑕。可矛盾也在这里，它显然是不具备经验的。是不是这个扫了比尔的兴？但是，它们勤于学习。她伸了伸腿，在心里对比尔说。

第二天，阿三就着手创造一幅新画，看上去就像是一面壁画的草图。画的是一个没有面目的女人，头发遮住了她的脸，直垂下来，变成了茂盛的兰草，而从她的阴部却昂首开放一朵粉红的大花。在一整幅阴郁的蟹绿蓝里，那粉红花显得格外娇艳。一周之后，新画完成，取名为"阿三的梦境"。在一个周末的大家都回家的下午，阿三把比尔叫到学校，在宿舍里向他展览了这画。比尔看了画后，向阿三提出一个问题。

他说：我理解这画是关于性，那么，你对性的观念是从哪里来的？因为我知道，中国人对性不是这样的态度，那么，就是西方，而我知道，你并没有去过西方，我大约是你认识的第一个西方人。阿三却回答说：这画并不是描写性。比尔一时转不过弯，只得钻进牛角尖说：你可能认为不是，可在你的潜意识里，却一定是的。阿三就笑了：你正好说反了，这画意识里是性，潜意识里却不是。比尔被她搅糊涂了，把最先的问题也忘了。这时，阿三将床头上的一件绸衣服罩上她身穿的白色连衣裙，说：让我来向你表演中国人的性。说罢，又从同学床头捞了一件睡裙再罩上绸衣服，接着，又套上了第三件。就这样，她套了这层层叠叠，长长短短的一身走向比尔，非得仰起脸才能对住他的眼睛，说：现在，你来向我表演西方人的性。比尔望了她一会儿，动手将她的衣服脱下来，直脱到白色连衣裙，不禁迟疑了一下。可阿三的姿态是等待的，表示还没完结。于是比尔就脱去了她的连衣裙。

最后，阿三说：明白吗？千条江河归大海，这就是我的回答。比尔这才想起自己的问题，可是已经解决了。艺术和理论的铺垫，弥补了阿三经验方面的缺陷。比尔觉着她既天真又老练，身体含着稚气，却那么柔韧，有一股曲折委婉的刺激，非常的缠绵。比尔不由自主了。

　　阿三的身子糅进了比尔的身子，脑子还是阿三自己的。有一刻她被惊惧抓住，觉着大祸临头。下一刻，欢喜却来了。总之，是不寻常。一阵暴风疾雨过去，她看见了身下的鲜血，很清醒的，她悄悄地扯过毛巾毯，将它遮住，不让比尔看见，而比尔也压根儿没想起这回事来。晚上一个人的时候，阿三觉出了疼痛，可却是让她感觉甜蜜的。她仔细地体味它，这是一个纪念。

　　后来，比尔就对阿三说，他开始明白东方人对性的感受能力了，那其实是比西方人更灵敏，更细致的。比如，他曾经看过一些中国的春宫，还有日本的浮世绘，做爱的场面，是穿着衣服，有些还很繁复累赘，然而却格外的性感。阿三说，这就是万绿丛中一点红，要比漫山遍野的红更加浓艳。他们又谈到各国的服饰，均以为日本女性的和服敞开的领子里那一角后颈，要比西方人的比基尼更撩拨人意。然后，他们就穿着衣服做爱，那种受拘束的忍无可忍使得欲望更加高涨。有时候，他们面对面地站着，比尔的手伸进阿三的衣服，那层层叠叠，窸窸窣窣的动静，真叫人心旌摇曳。里头的那个小身子不知什么地方等着他，是箭在弦上的情势，比尔他何曾经历过啊！他想：这是人吗？这是个精灵啊！

与实际的做爱相比，阿三的兴趣更在营造气氛方面。她是花样百出，一会儿一个节目。像阿三这种发育晚的女孩子，此时还谈不上有什么欲念，再加上心思不在这上头，全想着比尔怎么高兴。同金发碧眼的比尔在一起，阿三有一种戏剧感，任何不真实的事情在此都变得真实了。她因此而能够实现想象的世界，这全缘于比尔。所以，她就必须千方百计地留住比尔，不使他扫兴而离去。阿三晓得自己在做爱上肯定比不过比尔那些也是金发碧眼的对手，她以为比尔一定有着对手，并且想起她们，也毫无妒意。她就想着从别的方面战胜她们。比尔曾经对她说过：你是最特别的。阿三敏感到他没有说"最好的"。她自知有差异，却不知如何迎头赶上，只能另辟蹊径。

他们做爱的地方通常是在周末时阿三的学生宿舍，也曾经到宾馆租过房间，但在那种地方，阿三的艺术全无用武之地。房间太干净，太整齐，也没有可供创作的材料。当然，有浴室，可这又是一个新课题，阿三完全陷入被动。她不知所措地站在淋浴器下面，水淋淋的，由着比尔摆布，倒是有了一点欲念，但是很快被沮丧压倒了。比尔从来不带阿三去他的住处，阿三很识相地从来不问，虽然心里有些嘀咕。但是，在宿舍有在宿舍的好处，那是阿三的地盘，她更加自如，想象力很活跃。冬天到了，宿舍里没有暖气，他们在一床床沉重的棉被底下做爱，取暖，于比尔都是新鲜的经验。午后的阳光模模糊糊地照进来，心里有一些颓唐，还有些相依为命似的。

　　一个外国人，频繁出入学生宿舍，自然会引起校方的注意。先是班主任，后是教导处，最终是校保卫处，陆续找阿三谈话，要她严谨校风校纪，并向她了解比尔的情况。阿三闭口不言，也对比尔闭口不言。但她悄悄地着手在校外租借私房。从他们地处南郊的学校，再继续往南去，有一个华泾村，村民都是花农，以种菊花为业。近些年家家新造了楼房，自己住不完，就向市区一些无房户出租。阿三就是到华泾村去租房子的。当阿三打点停当，带比尔到新租的房子里，正是华泾村晒菊花的日子。家家门前都搭着晒花架，铺着白菊花。他们穿行过去，上了二楼，走进阿三的房间。温煦的阳光照在窗帘上，空气中洋溢着苦涩的花香，比尔真是有醉了的感觉。阿三把房间布置得很古怪，一个双人床垫放在正中间，一顶圆帐系在吊扇的挂钩，垂到地上，罩住床垫。他们就在那里面做爱。

然后，比尔让阿三坐在他的膝间，面对面的。裸着的阿三就像是一个未发育的小女孩，胳膊和腿纤细得一折就断似的。脖子也是细细的，皮肤薄得就像一张纸。可比尔知道，这个小纸人儿的芯子里，有着极大的热情，这就是叫比尔无从释手的地方。比尔摸着阿三的头发，稀薄，柔软，滑得像丝一样，喃喃地说：你是多么的不同啊！这就好像是用另一种材料制作出来的人体，那么轻而弱的材料，能量却一点不减，简直是奇迹。阿三看比尔，就想起小时候曾看过一个电影，阿尔巴尼亚的，名字叫作《第八个是铜像》。比尔就是"铜像"。阿尔巴尼亚电影是那个年代里唯一的西方电影，所以阿三印象深刻。她摸摸比尔，真是钢筋铁骨一般。可她也知道，这铜像的芯子里，是很柔软的温情，那是从他眼睛里看出来的。他们两人互相看着，都觉着不像人，离现实很远的，是一种想象样的东西。

有一次，比尔对阿三说：虽然你的样子是完全的中国女孩，可是你的精神，更接近于我们西方人。这是他为阿三的神秘找到的答案。阿三听了，笑笑，说：

我不懂什么精神才是西方的。比尔倒有些说不出话来，想了想，说：中国人重视的是"道"，西方人则是将"人"放在首位。阿三就和他说《秋江》这出戏，小尼姑如何思凡，下山投奔民间。比尔听得很出神，然后赞叹道：这故事很像发生在西方。阿三就嗤之以鼻：好东西都在西方！比尔又给她搅糊涂了，不知事情从何说起的。但比尔还是感觉到，他与阿三之间，是有着一些误解的，只不过找不出症结来。阿三却是要比比尔清楚，这其实是一个困扰着她的矛盾，那就是，她不希望比尔将她看作一个中国女孩，可是她所以吸引比尔，就是因为她是一个中国女孩。由于这矛盾，就使她的行为会出现摇摆不定的情形。还有，就是使她竭力要寻找出中西方合流的那一点，以此来调和她的矛盾处境。

现在，她特别热衷于京剧的武打戏。她对比尔说：如果能将《三岔口》中人物动作的路线显现与固定下来，会是一幅什么样的画面呢？她把她所记录下来的《三岔口》的动作线条用国画颜料绘在一长幅白绢上，在比尔生日那天，送给他作礼物。比尔很喜欢，当作围巾系在羽绒服的领子里。然后，两人就去吃自助餐，在一家新开的大酒店里。

正好是感恩节，人特别多，大都是美国人，比尔的几个同事也在，隔了桌子招着手。阿三今天化了很夸张的浓妆，牛仔服里面是长到膝盖的一件男式粗毛衣，底下是羊毛连裤袜，足蹬棉矮靴。头发束在头顶，打一个结，碎头发披挂下来。看上去，就像一个东方的武士，吸引了人们的目光。小姐走过来点蜡烛，很锐利地扫她一眼，这一眼几乎可以剥皮。这些地方的小姐都有着厉害的眼睛。阿三不免有些夸张地笑着，嘴里的英语也比平时用得多。同比尔一起去搛菜时，她一路同比尔聊天，停停搛搛，流连了许久。最后她挑了一小块蛋糕，插上蜡烛，让比尔吹灭，说：生日快乐！比尔头晕晕的，盯着阿三说：你真奇异。阿三注意到，比尔没有说“你真美”。

出酒店来，两人相拥着走在夜间的马路上。阿三钻在比尔的羽绒服里面，袋鼠女儿似的。嬉笑声在人车稀少的马路上传得很远。两人都有着欲仙的感觉。比尔故作惊讶地说：这是什么地方？曼哈顿，曼谷，吉隆坡，梵蒂冈？阿三听到这胡话，心里欢喜得不得了，真有些忘了在哪里似的，也跟着胡诌一些传奇性的地名。比尔忽地把阿三从怀里推出，退后两步，摆出一个击剑的姿势，说：我是佐罗！阿三立即做出反应，双手叉腰：我是卡门！两人就轮番做击剑和斗牛状，在马路上进进退退。路灯照着，将他们的影子投在地上，奇形怪状的。有人走过，就盯着他们，过去了，还回头看。他们可不在乎，只顾自己乐。闹了一阵，阿三重又钻进比尔的羽绒服里。这时，两人就都安静下来，静静地走着路，有时抬头看看天。深蓝的天被树枝杈挡着，空气是甜润的。

比尔谈起了童年往事。他的父亲是一个资深外交官，出使过非洲、南美洲和亚洲。他的童年就是在这些地方度过。阿三问：你最喜欢哪里？比尔说：我都喜欢，因为它们都不相同，都是特别的。阿三不由想起他说自己特别的话来，心里酸酸的，就非逼着他回答，到底哪一处最喜欢。比尔就好像知道阿三的心思，将她搂紧了，说：你是最特别的。这时候，阿三提出了一个前所未有的问题：比尔，你喜欢我吗？比尔回答道：非常喜欢。由于他接得那么爽快，阿三反有些不满足，觉得准备良久的一件事情却这么简单地过去了。她想：下一回，她要问"爱"这个字。比尔对"爱"总该是郑重的吧！可是，她也犹豫，问"爱"合适不合适。他们之间的关系，与"爱"有没有关系呢？阿三不知道比尔是怎么想的，也不知道自己是怎么想的。

阿三租了华泾村的房子，与比尔的约会倒比过去少了。一是路远，二是一个外国人出现在农人之中，多少有些顾虑。每一次去都要下大决心似的。有时甚至想把比尔装扮起来，潜送进去，好躲掉那些令人不安的目光。好不容易进了屋，他们便要逗留很久，有时是一个下午带一个晚上。阿三正给一个丝绸厂画手绘丝巾，每一条都不重样，画一条有十块钱。于是，四壁便挂满了所谓记录京剧武打的运动线路的丝巾。这些富有流动感的线条，萦绕了他们，他们就好像处在漩涡之中。也有丝巾尚未画上线条的时候，洁白的挂满一墙，而房前房后都是盛开的菊花。他们的床垫便好像一个盛大的葬礼上的一具灵柩。阿三躺在比尔的怀里，心里真想着：就是死也是快乐的。天黑下来，比尔的面目渐渐模糊，轮廓却益发鲜明，像一尊希腊神。阿三动情地吻着比尔，在他巨人般的身躯上，她的吻显得特别细碎和软弱，使她怀疑她能否得到比尔的爱。

比尔说：你是我的大拇指。阿三心里就一动，想：为什么不说是他的肋骨？紧接着又为自己动了这样的念头害起羞来，就以加倍的忘情来回报比尔的爱抚，要悔过似的。这样，她就更无法问出"爱不爱我"的话了。但她却可以将"喜欢"这个题目深入下去。她问比尔究竟喜欢她什么。比尔认真地想了一会儿，然后说：谦逊。阿三听了，脸上的笑容不觉停了停。比尔又说：谦逊是一种高尚的美德。阿三在心里说：那可不是我喜欢的美德，嘴上却道：谢谢，比尔。话里是有讽意的，直心眼的比尔却没听出来。

比尔走了以后，阿三自己留在屋里，也不穿上衣服，就这么裸着，画那丝巾，一笔又一笔，为这个不常使用的房间挣着房租。想着比尔馈赠给她的美德：谦逊，不觉流下眼泪。她哽咽着，手抖着，将颜料撒在身上，这儿一点，那儿一点。她心里有气，却不知该向谁撒去。向比尔吗？比尔正是喜欢她的谦逊，怎么能向他撒气？那么就向自己吧！眼看着她就变成了一只花猫，一只伤心的花猫。

这段日子，阿三缺课很多。她的时间不够，要绘丝巾挣钱，要和比尔在一起，这两桩事都是耗费精力，她必须要有足够的睡眠。现在，她的白天几乎都是用来睡觉的。她独自蜷在那大床垫上，耳畔是邻人们说话的声音，脸上流连着光影，这么半睡半醒着，直到天渐渐暗下来，她也该起来了。她的下眼睑是青紫色的，鼻根上爬着青筋。倘若是要去见比尔，她就要用很长时间来化妆。她的妆越化越重，一张小脸上，满是红颜绿色。尤其是嘴唇，她越描越大，画成那种性感型的厚嘴唇，用的是正红色，鲜艳欲滴。阿三的眼睛本有点近视，房间里的灯光又不够亮，所以实际上的妆要比阿三自己所认为的更加浓烈。看上去，她就好像戴了一具假面。她的服饰也是夸张的，蜡染的宽肩大西装，罩在白色的紧身衣裤外面。或者盘纽斜襟高领的夹袄，下面是一条曳地的长裙，裙底是笨重的方跟皮鞋。

等校方找阿三谈话，提醒她还有一年方能毕业，须认真上课，第二天，阿三不和任何人商量，就打了退学报告。从此，学校里就再找不着她的人影。直到暑假前的一个晚上，她悄悄回到宿舍，带走了她的剩余东西。去的时候，同宿舍的一个女生在，乍一见她，都有些认不出，等认出了，便吃了一惊。看着她收拾完东西要走，才问她知道了没有。阿三说知道什么，她说学校已经将她作开除处理了。阿三笑笑说：随便，神色终有些黯然。那同学要送她，她也没拒绝。两人走在冷清的校园里，路灯照着两条人影。这同学本不是最亲近的，可这时彼此都有些伤感似的，默默地走了一程路。曾经朝夕相伴近三年的景物都隐在暗影里，呼之欲出的情景。然后，阿三就说：回去吧。走出一段，回过头去，那同学还站在原地，就又挥了挥手。

阿三没有告诉比尔，被学校开除的事情，带着些自虐的快意。她的住在邻县的家人，更无从知道。她有一段时间，在华泾村蛰伏不出，画丝巾或者睡觉。

连比尔都以为她离开了本市。这段时间大约有两个月之久，华泾村又架起了花棚，铺开了白菊花。花香溢满全村，花瓣的碎片飞扬在空中。阿三独坐屋内，世事离她都很远，比尔也离她很远。她画了一批素色的丝巾，几乎全是水墨画似的，只黑白两色，挂了四壁。房间像个禅房。她除了吃点面包，再就是喝点水，也像是坐禅。再次走出华泾村时，她苍白削瘦得像一个幽灵。又是穿的一身缟素，白纺绸的连衣裤，拦腰系一块白绸巾。化妆也是尽力化白的，眼影眼圈都用烟灰色。嘴唇是红的，指甲是染红的。穿的鞋是那种彩色嵌拼式的，鞋帮是白的，鞋尖却是一角红，也像染红的脚趾甲。就这么样，来到比尔面前。

比尔惊异阿三的变化。不知在什么地方，变得触目惊心似的。他抚摸着她的皮肤，不知是什么东西，灼着他的手心。他什么都不了解。这个与他肌肤相亲的小女人，其实是与他远开十万八千里的。但是他觉出一种危险，是藏在那东方的神秘背后的。然而，比尔的欲念还是燃烧起来了，有一些肉体以外的东西在吸引着他的性。这像是一种悲剧性的东西，好像有什么面临绝境，使得性的冲动带有着震撼的力量。这一回，是在阿三朋友的房间里。这朋友是个离婚的女人，很理解地将钥匙交给了阿三。周围是人家的东西，有不认识的女人的微笑的照片，还有不认识的女人的洗浴露化妆品的气息，形成一股陷阱似的意味。阿三瘦得要命，比尔从来没经验过这样瘦的女孩。胸部几乎是平坦的，露出搓衣板似的肋骨，臀也是平坦的。他的欲念并不是肉欲，而是一种精神特质的。阿三脱下的衣服雪白的一堆，唇膏被比尔吻得一塌糊涂，浑身上下都是，就像是渗血的伤口。那危险的气氛更强烈了。

很远的地方，楼群中间的空地，有吱嘎吱嘎的秋千声传来。

比尔渐渐平静下来，望着身边的阿三，这才渐渐有些认出她来，说：阿三，这么多天你在做什么？阿三说：在想一件事。比尔问：什么事？阿三说：就是，我爱比尔。说完，就转过脸去，背对着比尔。许多时间过去了，房间里有些暗，两人都没动，按着原先的姿势。终于，比尔说话了，他说：作为我们国家的一名外交官员，我们不允许和共产主义国家的女孩子恋爱。又是许多时间过去，秋千声也静了。比尔几乎要睡着，有一些梦幻从脑海过去，他好像回到了他在美国中部的家乡，有着无垠的玉米地，他在那里读完了中学。忽然一惊，他发现天已经黑了，阿三正塞窸窣窣着穿衣服。她的脸洗干净了，头发也重新梳过。他说：很抱歉，阿三。阿三回眸一笑：比尔，你为什么抱歉？于是，比尔便觉得自己文不对题，难道方才发生过什么吗？

　　什么都像是没有发生过的，比尔和阿三的关系继续着。比尔给阿三介绍了两份家教，一份是教汉语，一份是教国画，教的是美国商社高级职员的孩子，报酬很不薄。因为要对得起，阿三就很认真，可是无奈孩子们不在乎，连家长都让阿三"轻松"些。尤其是那学国画的男孩子，一只长满雀斑的小手满把满抓地握了笔，蘸饱了墨，一笔下去，宣纸上洇开一大片，边上站着的父亲便很敬佩地说：很好！于是，阿三也乐得轻松。两家都是住繁华的淮海路后头的侨汇公寓，外头还是甚嚣尘上，进了门便是另一个世界。气息都是不同的，混合着奶酪，咖啡，植物油，还有国际香型的洗涤用品，羊毛地毯略带腥臭的味道。阿三有了这两份薪水，经济宽裕许多，她便开始在市区寻找房子。

　　后来，她在一幢老式公寓里找到了房子。是一套中的一间，主人去美国探亲，不知什么时候回来，一半是招租，一半是找人看房子。另外大半套公寓里住了个保姆样子的女人，也是给东家看房子的，每天下午就招来一帮闲人打麻将，直至深夜。因各有各的犯忌之处，所以，与阿三彼此不相干，见面都不说话。华泾村的房子就退掉了。

现在，比尔来就方便多了。这地方是要比华泾村闹，比尔又常是白天来，楼下市声鼎沸，人车熙攘。窗帘是旧平绒的，好几处掉了绒。一抖便有无数毛屑飞扬起来。地板踩上去咯吱地响，还有一股蟑螂屎的气味。这使事情有一股陈旧的感觉，好像已经有成年累月的时间沉淀下来，心里头恹恹的。阿三就在这旧上做文章。她买来许多零头绸缎，做了大大小小十几个靠枕，都是复裥重褶的老样式，床上，沙发上，扶手椅上都是。她给自己买了一件男式的缎子晨衣，裹在身上，比尔手伸进晨衣，说：我怎么找不到你了。他们在柔滑的缎子里做爱，时间倒流一百年似的。她那学生的家长送给她一个咖啡壶，她就在房间里煮小磨咖啡，苦香味弥漫着。主人家有一架老式唱机，坏了多少年，扔在床下，阿三找出来央人修了修，勉强可以听，嗞嗞啦啦地放着老调子。美国人最经不起历史的诱惑，半世纪前的那点情调就足够迷倒他们了。

这是又一场新戏剧，两人重换了角色，说话的语气都变了。这回他们扮的是幽灵，专门在老房子里出没的，弄出些奇异的声响。他们看着对方的脸，看见的都不是真人，心里都在想：这一切多么不可思议！

这就是他们彼此都离不了的地方：不可思议！换了谁都做不到，非得是他们两人，比尔和阿三。有时他们赤裸着相拥在窗前，揭了窗帘的一点角，看着马路对面的楼房，窗是黑洞洞的，里面不知有什么人和事，与他们有干连吗？这旧窗幔和旧墙纸围起来的世界，比华泾村的更有隔绝感，别看它是在闹市。从这里走出，再到灯火通明的酒店，两人都有些回不来的感觉。隔着桌子，比尔的手还是搭在阿三的手背上，眼睛对着眼睛。在这凝视中，都染了些那老公寓的暗陈，有了些深刻的东西。

要是换了中国的外交官，就会离开阿三了，可比尔的思路不是这样的。他只觉得他和阿三都很需要，都很快乐，这是美国人在性上的平等观念。于是，阿三也避免使自己往别处想，她对自己说：我爱比尔，这就够了。她真以为自己是快乐的，看，她跳舞跳得多欢啊！大家都为她的旋转鼓掌，她也为人家鼓掌。每当比尔说出一句有趣的话，她就笑个不停。好好地走着，她一下子猴上比尔的背，让比尔背着她走。然后再倒过来，她来背比尔。她哪背得动他呀，只不过是让比尔趴在她背上，迈开着两腿自己走着。比尔一边走，一边唱他大学里啦啦队的歌谣。这时候，阿三多高兴呀！谁能比她和比尔玩得来？

可是，谁知道阿三一个人的时候呢？

这间阴沉的公寓房子里，什么都是破的。天花板那么高，阿三在底下，埋在一堆枕头里，快要没了似的。阿三自己也忘了自己。这么一埋可以整整一昼夜不吃不喝，睡呢，也是模棱两可的。没有比尔，就没有阿三，阿三是为比尔存在并且快活的。这间房子，是因为比尔才活起来的，否则，就和坟墓没有两样。现在，连华泾村的菊花都是遥远的。那时候，对比尔的爱还比较温和，不像现在，变得尖锐起来。阿三有一个娃娃，穿着牛仔背带裤，金黄的头发蓬乱着，像一堆草，手插在口袋，耳朵上挂着"随身听"的耳机。阿三在他的背上写下"比尔"的名字。她将它当比尔，不是像中国传统中的巫术，为了咒他，而是为了爱他。

比尔的假期就要来临了，这一去就是几十天。比尔说：我会想念你的，阿三。阿三脱口而出：你们国家的外交官，可以想念共产主义国家的女孩子吗？话一出口，阿三便为她的狭隘后悔了。不料，比尔却笑了。他并没有听出阿三的讽意，他甚至没有联想起他曾经说过的话，他笑着说：我已经在想念了。阿三就更懊恼了，想这比尔心底那么纯净，没有一丝芥蒂。别看他比自己年长，其实却更是个孩子。这么大这么大个的孩子，是多么可爱啊！阿三将脸埋在他的怀里，想着自己与他这么样的贴近，终于却还要离去，忽然就一阵伤感袭来，顿时泪流满面。比尔以为这是快乐的眼泪，这使他激动起来。这一回，阿三从头到底都在呜咽，比尔在呜咽声里兴奋地喘息。他的脸叫阿三的泪水浸湿了，阿三的伤感也传染给了他，他也想哭，但他以为这是由于快乐。

比尔临回美国度假前还来得及参加领馆的大型酒会，为欢迎大使从北京来上海。阿三也去凑热闹了。一进门，便看见比尔身穿黑色西装，排在接客的队伍里，笑容可掬的。他头发梳得很整齐，脸色显得十分清朗。当他握着阿三的手，说"欢迎光临"的时候，阿三觉着他们就像是初次见面。阿三今天也穿得别致，灯笼裙裤底下是一双木屐式的凉鞋，裸着的肩膀上裹着宽幅的绸巾，耳环是木头珠子穿成的，头发直垂腰间，用一串也是木头珠子拢着。比尔忙中偷闲地走过来，说了声：你真美！这非但不使阿三感觉亲密，反觉着疏远，是外交的辞令。她看着英俊的比尔与人应酬着，举手投足简直叫人心醉，真是帅啊！阿三手里握着一杯白葡萄酒，站在布满吃食的长餐桌边，等待欢迎的仪式开始。人们三三两两站着、说着，也有像她这样单个的，谁也不注意谁。此时，阿三体验到一股失落的心情。

露台下草坪周围的灯亮了，天边的晚霞却还没退尽。人越来越多，渐渐拥挤起来。其中有她认识的一些人，画界的朋友。看见阿三就惊奇地问，阿三，你没走？阿三反问：走到哪里去？朋友说：都传你去了美国。阿三笑笑没答话，朋友就告诉她，某某人去了美国，某某人也去了美国。正说着，人群里掀起一阵小小的浪潮，又有新人来到。是一个女人，穿一身黑套裙，身材瘦高，雍容华贵的样子，可却扬着手臂大声地说话，声音尖利刺耳，有着一股粗鄙气。她显然是这里的老熟人，许多人过来与她招呼。不一会儿，身边就簇拥起一群，众星捧月似的。朋友告诉阿三，这是著名的女作家，人们说，凡能进她家客厅的，都能拿到外国签证。女作家旁若无人地从阿三身边走过，飘过一阵浓郁的香水味，还有她尖利的笑声。人群拥着她过去，连那朋友也尾随而去了，这才看见对面靠墙一排椅子上，坐着两个昔日的女影星，化着浓妆，衣服也很花哨，悄悄地端着盘子吃东西。还有一些人则端着盘子徜徉着吃，大都衣着随便，神情漠然，显见得是一些科技界人士，与什么都不相干的样子。阿三远远看见了比尔，在露台下的草坪中央，与几位留学生模样的美国女孩交谈着。

人渐渐聚集到草坪上。由于天黑了，露天里的灯变得明亮起来。女作家也在了那里，又形成一个中心。大厅里只剩下那几个学者，老女星，还有阿三。穿白制服的招待便随便起来，说笑着在打蜡地板上滑步，盘子端斜了，有油炸春卷滑落到地板上，重又拾回到盘子里。她又看不见比尔了。有人过来与她说话，问她从哪里来，做什么的。阿三认出这也是领馆的官员，但不是比尔。她开始是机械地回答问题，渐渐地就有了兴致，也反问他一些问题，那官员很礼貌地作答，然后建议去草坪喝香槟，香槟台就设在那里。等他将阿三置入人群之中，便告辞离去，阿三明白他是照应自己不受冷落。这就是外交官。比尔在人群中穿梭着，也是忙着这些。阿三的情绪被挑起来了，心里轻松了一些，便去找人说话。她原本性情活泼，英文口语也好，不一会儿便成了活跃人物。甚至连那女作家都注意地看了她几眼，酒会行将结束，比尔走过她身边，笑眯眯地问：快活吗？阿三回答：很快活，比尔。最后，她向比尔道别走出领馆，走在夜晚的林荫道上。时候其实还早，意犹未尽。阿三走着走着，忽然唱起歌来。

然后，比尔就走了。

阿三和比尔约好，每星期的某个时间在她朋友家等他的电话。那朋友家只是一个画室，空荡荡的，什么家具也没有，电话就搁在地上。阿三坐在地板上，双手抱着膝盖，望着那架电话机。许多时间过去了，电话没有动静。约定好的时间过去了半天，电话还是没有动静。阿三望那电话久了，觉着那机器怪形怪状的，不知是个什么东西。阿三忽感到毫无意思，她不明白这电话会和比尔有什么关系，再说，就是比尔，又有什么意思呢？难道说真有一个比尔存在吗？她笑笑，站起身，这才发现腿已经麻得没知觉了。她拖着身子走了几步，渐渐好些，然后便走出房间，把房门钥匙压在踏脚棕垫底下了。

有时，对比尔的想念比较清晰，她就到曾经与比尔去过的地方，可是事情倒又茫然起来。比尔在哪里呢？什么都是老样子，就是没有比尔。她想不起比尔的面目。走在马路上的任何一个外国人，都是比尔，又都不是比尔。她环顾这老公寓的房间，四处都是陌生人的东西和痕迹，与她有什么关系，她所以在这里，不全是因为比尔？她丢了学籍，孤零零地在这里，不全是因为比尔？可是，比尔究竟是什么呢？她回答自己说：比尔是铜像。

这一天，有人来敲她的门，是两个陌生人，一个年轻些，一个年长些。阿三怀疑地问，是找她吗？他们肯定就是找她。他们态度和蔼却坚决，阿三只得让他们进来。坐定之后，他们便告诉阿三，他们来自国家的安全部门，是向她了解比尔的情况。阿三说，比尔是她的私人朋友，没有义务向他们作汇报。那年长的就说，比尔是美国政府官员，他们有权利了解他在中国活动的情况。阿三说不出话来了。年长的缓和了口气，说他们并无恶意，也无意干预她的私生活，只是希望她考虑到她身为中国公民的责任心，她与外交官比尔的关系确实引人注意，比尔那方面想来也会有所说明，他们自然也有权利过问。阿三依然无话，那两人便也无话，只等着阿三开口。沉默了许久，阿三说道：我和他之间没有什么，真的没有什么。眼泪哽住了她，她哑着声音，摇着头，感到痛彻心肺。她想她说得一点不错，一点不错，她和比尔之间，真的，没有什么。

不久，阿三就搬出了这间老公寓房子，新租了地方。在隔了江的浦东地方，一个新规划的区域里最早的一幢。整幢楼房，只搬进三五户人家，其余就空着。晚上，只那几个窗户亮着，除此都是黑的。楼道里更是寂静无声。从这里再到她任家教的闹市中心的侨汇公寓，真好比换了人间。可是，这并没什么，比尔没有了，其他的都无所谓。算起来，比尔应当来了，可是他找不到她了。再说，很可能他根本没有找她。她想象不出比尔一个人来到那幢老公寓里，按她的门铃，然后，由那隔壁的看房子女人从麻将桌前站起来，给他去开门。不，比尔从来不是这样凡俗的形象。阿三决定结束这段关系了，她想她不能影响比尔作为一个外交官的前程。这么一想，便有了些牺牲的快感。然而，紧接着的一个念头却是：我和比尔之间有什么呢？什么都没有，于是也就没有牺牲这一说了。

没有比尔的日子，一天一天地过去。手绘丝巾渐渐市场饱和，那丝绸厂就想转方向，阿三早已画腻了，正好罢手。这时，有画界的朋友来联合，举办一次画展。她已有多时没有正经画画，且有许多新观念，就积极投入进去。这样，阿三就有些重振旗鼓的意思。当她将画布绷在木框上，再用细钉子一只一只钉牢，她意外地发现，这一切做起来还是那么熟练，灵巧，得心应手。劳动的愉悦从心头升起，比尔变得虚妄了，不值得一提的样子。画笔在画布上的涂抹，使她陷入具体细节的操劳与焦虑，别的全都退而求其次了。倘若不是为了房租和生活，那几份家教阿三也是要辞掉的。现在，她对付完课程后，便急匆匆地往浦东赶，想起有一幅画未完成在等待她，心头竟是有股暖意的。

阿三望着丘陵上的孤独的柏树，心里说：假如事情就停止在这里，不要往下走，也好啊！

　　她想起那阵子，朋友们又开始来到她的住处，吃着罐头、面包，喝着啤酒、可口可乐，商量办画展的事项，是多么自由的日子啊！可是现在，她看了看窗上的栅栏，不由叹了口气，后来闹得确实也不像话了。要说和比尔有什么关系呢？后来她再没见过比尔，也没有他的消息。她做家教的人家，虽然是比尔的朋友，但他们外国人从不过问别人的私事，你要不提，他们决不会先提。直到两年后，她在那女作家的客厅里，听说比尔已经调任去韩国。再见比尔，就更不可能了。阿三想到，当时听到这消息的漠然劲，她简直不知道，她究竟爱还是不爱比尔。

　　那年的圣诞节，阿三还是给比尔寄了一张卡，没有签名，也没有写下地址。不知比尔接到这没头没脑的圣诞卡，是怎么想的。这年的画展，最终也没有办成。发起人首先退出，为了要去法国。他在马路上结识了一个向他问路的法国老太，恰是个画廊老板，很赏识他的才华，将他办去了法国。其实，仅仅是走了一个人，还不要紧，要紧的是他这一走，人心都散了。其余的人似乎也看见好运在向他们招手。大马路上走来走去的外国老少，不知哪一个可做衣食父母的。画展不了了之，阿三的房里堆了一堆新作品，大多是浓油重彩的色块，隐匿着人形，街道和楼房，诡秘和阴森。具有着二十世纪艺术所共有的特征，那就是形象的抽象和思想的具体，看起来似曾相识。这些年里，阿三看得多了，听得多了，思想有些膨胀，但久不练习，技术退步了，因此，形上的模糊更夸张了抽象感，而思想的针对性则更加鲜明，一切都显得极端和尖锐。其中有些力不从心，还有些言不由衷。有时候，阿三自己对着画坐上半天，会疑惑起来，心想：这是谁的画呢？

当这些画积起了一层薄灰的时候，来了一个人。是本地的美术评论家。文章写得不怎么样，对画的评价也往往莫衷一是，可因为写得多，渐渐也形成了权威。现在，他正为一个香港画商做代理人，这使他在制造社会舆论的同时，又开辟了通往市场的道路。他来到浦东的阿三的住处，看了阿三的画，立即拍板购下了一幅，并且，与阿三展开了讨论。讨论是从为什么作画的问题开的头。阿三说因为快乐，这同几年前的说法一致，语气却要肯定，经过深思熟虑的。评论家说：奇怪的是，说是为了快乐，画面却透露出痛苦。阿三笑道：你难道连这都不懂，快乐和痛苦在本质上是一回事，都是濒临绝境的情感。评论家就问理由，阿三又笑了：还需要理由吗？事情发生了，就存在了，存在就是合理。评论家就又刨根问她：为什么是这样发生，而不是那样发生，这样发生和那样发生之间究竟有什么不同？阿三说也许有不同，也许没有不同。于是他们又谈到事物之间有没有具体的联系。评论家以为表面上没有，实质上却有。阿三的观点则相反，表面上有，实质上却没有。评论家便一下绕回去，说：既是这样孤立的形态，快乐和痛苦怎么会是一回事呢？这就把阿三问愣了。

他们的讨论东一句，西一句的，不太接茬的样子，却都兴致盎然，彼此感觉有启发。评论家回忆起阿三初露头角时的胆怯样子，想她真是成熟得快，都能在一起探讨理论的问题了，她是从哪里得来的养料呢？阿三与评论家说着这些，思想逐渐清晰起来，原先对自己新作品的茫然减退了，觉得那正是自己想说的话，一切全都自然而然。

半月之后，阿三拿到了支票，支付的是美金。这似乎是一个证明，证明阿三的画汇入了世界的潮流，为国际画坛所接纳了。阿三不再是一个离群索居的地域性画家了。

从此，评论家便成了常客。务虚完毕，接下来就是赶着阿三作画，像一个督工似的。有一阵子，阿三看到颜料就心烦，想着偷一天懒吧，可是评论家又在敲门了。就是这种农人式的辛苦劳作，将阿三从漫无边际的思想漂流中拯救出来，也将她从懒散中拯救出来。生活变得紧张，而且有目标。现在，那几份家教也结束了，主人们任期已满，先后回国去了。阿三就专心画画，还有看画。她又奔忙于一些画展之间，以及朋友的画室之间，去看他们的新作品，听他们的新想法。阿三过去在班上并不被看作是出色的学生，而现在，评论家的谈话以及卖画的成果使她看见了她的才华。

这段日子里，阿三挥洒掉多少颜料呀！她画腻了那种补丁似的色块以及藏在色块里的实体，开始画那种逼真的小人儿，密密麻麻的，散布在反透视法的平面的十字路口，或者大楼上下，沙丁鱼罐头似的。这是颇费工夫的，是个细活，阿三绣花似的画着。起初的效果确实惊人。由于长久地在画里找不见清晰的人和事，一旦看见这栩栩如生的场景，真是叫人高兴。这些小人儿全都有模有样，有根有据，十分可爱。也能看出，阿三心里的安宁。一些汹涌澎湃的东西过去了，留下的是心细如发的情绪。在这画小人儿里，又有一些时间淅淅沥沥地过去。有时画久了，阿三一抬头，看那太阳已经西去，有轮渡的汽笛传来，不禁生出今夕是何年的感触。

后来，那香港画商就来了，让评论家介绍阿三认识。见面才知道，香港画商是个美国人，在香港有个企业。他并不懂画，可他经过多方调查，预测到若干年后，中国年轻一代的画作，将会获得很大的世界市场。于是，他便订下一个购买计划，专门收买那些未成名的画家的作品。他要的都是西画，并不是中国传统画。这也是来自预测，他认为中国画和那些中国民间技法作品在目前的热门只是个暂时，这并不标志中国画家真正走上世界大市场。只有那些操纵着油画刀，在西方观念下成长起来的画家，才有可能承担这角色。阿三便是其中一个。

他在和平饭店请阿三、评论家，还有一个担任翻译的外语学院教师，一起吃了顿晚饭。这一天过得十分快乐，蜡烛点起了，老爵士乐奏起了，邻桌是一个西欧国家的旅行团，随着音乐唱起来了。阿三泪汪汪的，看出去的景色都散了光，她想：坐在眼前的，用筷子笨拙地夹东西吃的美国人，是比尔多好。这种夜晚特别像节日，并且不分国界。阿三就是喜欢这个。这美国人要比比尔年长得多，算得上是半个老头了，可他喝了点酒，也那么活跃，喜欢说笑话，说完之后就停下来左右看他们的反应，好像小孩子做了好事在等待大人的褒奖。看他的样子，一点没有投机商的精明，甚至还有些诗人的浪漫的天真。他虽然老了点，可是神气却不减，也像是莎士比亚戏剧中的人物。他们这样的人种啊，就好像专门为浪漫剧塑造的。这晚上唯一的不足就是评论家的紧张不安情绪。他见阿三英语说得好，可以与美国人直接对话，便担心起阿三会甩开他这个代理人，直接卖画给他，于是阿三和美国人的每一句对话，他都要求那教师替他翻出来，有一些玩笑话不那么好翻，教师有些迟疑，他便眼巴巴地瞪着教师的嘴，好像那里会吐出金豆子来。其实，阿三说的都是一些无关的事情。

次日，美国人便来到阿三的画室，后面自然跟着评论家和那位翻译。美国人看阿三的画的时候，神色一扫前日晚餐上的傻气，显出严格挑剔的表情。他不再与阿三多话，而是向评论家提出问题。阿三在一旁听着。美国人的问题虽然与绘画艺术无关，却带有商业方面的见识，他说：这些画看起来与西方画几乎无甚区别，假如将落款遮住，人们完全可能认为，是一个美国画家的作品，那么，在市场上，将以什么去引得注意呢？评论家说：一个中国的青年艺术家，在十多年里走完了西方启蒙时期至现代化时代的漫长道路，这本身就是一件值得引起注意的事情。美国人就加重了语气说：可是我指的是画，把落款遮住，我们凭什么让人们注意这幅画，而不是那幅画，在我们西方，这样画法的非常多。说着，他将阿三新完成的那幅百货公司的人群的画拉到跟前，说：这完全可以认为，画的是纽约。评论家说：在我们这城市，现在有许多大酒店，你走进去，可以认为是在世界任何地方。美国人接过他的话说：对，可是你走出来，不，不需要走出来，你站在窗口，往外看去，你可以看到，这并不是世界任何地方，这只是中国。阿三不由暗暗叹服这个美国人，他绝不是看上去那么简单的。然后，他总结道：总之，西方人要看见中国人的油画刀底下的，决不是西方，而是中国。评论家丧气地说：那么国画，还有西南地区的蜡染制品，不是更彻底的中国？美国人宽容地笑笑：这个问题我们已经讨论过了。

美国人这次来，没有买下阿三一幅画，但他对阿三说，他认为她是有才能的，他还是会买她的画。过后，评论家向阿三抱怨，说美国人出尔反尔，他本来特别强调的就是中国青年画家的现代画派作品，现在又来向他要差别。阿三却说她懂美国人的意思，只是觉得为难，当她拿起油画刀时，她的思想方式就是另一种了，这是一个形式和内容合为一体的问题。评论家要她说得明白些，阿三解释道：你看，我用毛笔在宣纸上作画，我的思想就变得简约，含蓄，我是在减法上做文章，这个世界是中国式的，是建立在"略"上的；可是，画布，颜料，它们使我看见的却是"增"上的世界，是做加法的，这个世界正好和中国世界相反，一切都是凸现，而后者却是隐匿。评论家不由得点头。阿三接着往下说，中国人的思想就像是金石里的阴刻，而西方人则是阳刻。评论家说：那么能不能用油画刀作阴刻呢？阿三没有回答，她觉得自己已经接近事情深处的核心，可是却触及不了，有什么东西将思想反弹回来了。

但这些并没有阻碍阿三继续画画。她决心从另一条途径入手。她搞来许多碑拓，仔细看那些文字的笔画，以及风蚀的残痕。她想：中国画里的水墨，其实黑不只是黑，而是万色之点。因此，她在用色上应当极尽绚烂浓烈之能事。中国意境不是雅吗？她就用俗丽来表达雅，中国意境不是有余地吗？她就用繁复庞杂去做余地。她相信两个极端之间一定有相通之处。接下来的一批画，便是在此思想下画成的。依然是色块与色线，以魏碑为形状基础，很细致的笔触，皴染似的，又像湘绣，织进百色千色。她刚画完一幅时，自己都有些惊奇，但她并不急着往外拿，直等到画成一批，才将它们环壁一周，请评论家光临指导。

现在，阿三渐渐有了些名气，外国领事馆举行活动，也常常会寄请柬给她。当然，她不再去美领馆。她把美领馆寄她的印花请柬划一根火柴，慢慢地烧掉，眼前就好像出现穿了黑色西装微笑迎候的年轻外交官比尔。其实，这时比尔已去了韩国。

　　阿三在这些聚会里，身边也能聚起一群人了，有些与那女作家分庭抗礼的意思。而且，她不必像女作家那样声嘶力竭地表现，她年轻，打扮不俗，有卖画的好成绩，再加上一口好英语，自然就有了号召力。开始时，她能感觉到女作家敌意的眼光，还有加倍努力的夸张声势。心中不由暗喜，知道这是冲着自己来的，说明她占了些优势。再接着，女作家就来向她套近乎了。一见面就像熟人似的，上前夸奖阿三的裙子，还有手镯，并且把阿三介绍给她的熟人。阿三自然就很友好，向她请教些事。转眼间，两人就成了好朋友，肩挨肩地站着，然后再分头各自去应付自己的一伙。有几次两人交臂而过，就很会心地笑。晚会结束时，女作家便向阿三发出邀请，去她家玩。

　　女作家住在西区一幢花园洋房的底层。独用的花园并不大，收拾得很整齐，有几棵树，巴掌大的一块草坪。这天她举行的是化装舞会，每个来宾自己设计服装，然后再带一个菜。花园的树枝上点缀了一些小彩灯，放了两把沙滩椅。她自己装扮成黑天鹅的样子，穿了紧身裤，走来走去招呼客人。她的丈夫也很凑趣地戴了一个纸做的眼罩，腰上佩一把剑，算是佐罗，忙东忙西的。阿三把自己化装成一只猫，其实不过是在头上戴一只纸冠，妙的是她在屁股后头拖了一条尾巴，这使女作家很感激。因为除了几个外国人装成中国清朝人，还有一个德国小伙子穿了红卫兵的服饰，其余的客人要么不化装，要么就是不得要领，只是穿着讲究些而已，女客们大多是很拘礼地穿一条曳地长裙。说是化装舞会，其实只说对了一半。

阿三望着满满一房间的人，想起朋友曾经说过的话：凡是能进入她家客厅的，都能拿到外国签证。这说明了这客厅的高尚。此处有些什么人呢？有一个电影明星，有歌剧院的独唱手，角落里弹钢琴的是舞蹈学校里的钢琴伴奏，有文风犀利的杂文作家、专在晚报上开专栏的，有个孔子多少代的后人，在这城市里也算个稀罕了，还有些当年工商界人士的孙辈，再有一个市政府的年轻官员，是自己开着汽车来的。

陆续来到，先是喝饮料，然后吃晚餐，一边吃一边就有出节目的：唱歌，讲故事，说笑话，变戏法，还有出洋相，晚会就到了高潮，大家开始跳舞，还有到花园里去聊天的。聊着聊着，就见落地窗里，一队人肩搭肩地扭了出来，将聊天的人围起，绕着转圈。阿三排在最后一个，就有排头的那个去揪她的尾巴。树枝上的彩灯摇动起来，花园里的暗影变得恍惚不定，队伍终于有点乱，互相踩了脚，最后谁被椅子绊倒在地，才算结束，纷纷回到房间。

女作家忽然拍着手，招呼大家安静，说要宣布一个消息，录音机关上了，嬉闹停止了。女作家从人背后拉出一个女孩子说：劳拉下个星期要去美国。大家便热烈地鼓起掌来，有调皮的立即奔到钢琴前，在键盘上急骤地敲出"星条旗永不落"的旋律。这位英文名叫劳拉的女孩，此时成了中心人物，人们围着她问长问短。一些片言碎语传到阿三耳中，是在议论美领馆的签证官员，一个男的好对付，另一个女的，是台湾人，不好对付，如何才能避开女的，排到男的上班的日子。阿三正竖起耳朵听着，忽然有人拉她的尾巴，回头一看，是女作家。

女作家递给阿三一碟蛋糕，悄声说：劳拉看上去年轻，实际已经三十多了，从云南插队回来后，至今没有男朋友，工作也不合意，这回去美国是读书签证，前景怎么也难预料。女作家脸上出了汗，洗去些脂粉，肤色显出青黄，看上去很疲惫。她狼吞虎咽地吃着蛋糕，嘴角都粘上了白色的奶油。又接着说：劳拉的父亲当年是圣约翰大学毕业，家里很有钱的，"文化大革命"被扫地出门，从此一蹶不振。然后她用手里的勺子指了指那化装成红卫兵的德国人，说：这种纳粹瘪三，算什么意思！被她骂作"纳粹瘪三"的小伙子不知道她在说什么，笑微微的，朝这边举了举酒杯。她俩便也一起朝他笑笑。阿三忽有些喜欢这个女人。她吞下最后一口蛋糕，抹了抹嘴，带了股重振旗鼓的表情，离开阿三，再去酝酿下一个高潮。

就这样，阿三成了女作家的座上客。女作家再要召集晚会，就是和阿三一起筹备。阿三到底年轻，又是学艺术的，鬼点子就特别多。有一次，她设计一个游戏，让每个来宾不仅要带一个菜，还要带一句话，写在纸条上。这句话一定要有三个条件：什么人，什么地方或者时间，做什么。比如：阿三，吃过晚饭，画画；劳拉，在床上，哭泣；查理，在冰上，跑步。然后，就将句子分三个部分剪断，各自归拢一处。游戏开始，大家坐成一圈，先将"什么人"发下去，再将"什么地方或者时间"发下去，最后是"做什么"。这样，每个人手里就又有了一个完整的句子，不过却是重新组合过的，于是便出现奇异的效果。比如：阿三，在床上，跑步。事前，阿三又撺掇几个年轻会闹的，写一些特别促狭古怪的句子，结果就更是惊人。

每一个句子都引起哄堂大笑，几乎将屋顶掀翻。有打趣在座的人，有讽刺大家都认识的人，有调侃当政的要人。终于轮到阿三打开手里的三张条子，拼在一起，要读却没有读出声来。大家都屏住笑等着，以为有一个特别大的意外将来临，这是游戏的策划者嘛。停了一会儿，阿三一个字一个字地读道：比尔，在某个诗情盎然的夜晚，向阿三求爱。这是这一整个谐趣的晚上的一幕正剧，大家都有些失望，礼节性地笑了几声。主持人便将字条收拢，洗牌似的洗过，开始了下一轮。

晚会结束已是下半夜，阿三没有回家，在女作家的沙发上蜷了几小时，天就亮了。她悄悄起来，女作家夫妇还在隔壁熟睡，她没有惊动他们，自己拿了块昨晚剩下的蛋糕，又倒了杯剩咖啡。一夜狂欢后，没来及收拾，遍地狼藉。茶几上还摊着做游戏的纸条。她将它们拢起来，塞进提包，然后轻轻带上门，走了。

早晨的轮渡，只寥寥数人，汽笛在空廓的天水间回响。太阳还没有升起，江面罩着薄雾。阿三的思绪有些茫然，想不起为什么是这时候回家去。耳边有江水的拍击声，一下又一下。浦东渐渐就到了眼前。她走上码头，太阳出了地平线，忽然一切都焕发了光彩，她却感到了疲倦，眼睛是酸涩的，满是隔夜的睡意。

回到房间，她洗了澡，换了衣服，然后拉上窗帘，上了床。阳光照在窗帘上，又有些像夕照。她盘腿坐着，从包里掏出那些字条，将它们分别放作三堆，一个人做起了游戏。她依次抽出三张纸，拼成句子，看一遍推到一边，再排出下一句。周围安静极了，这幢楼房里仅有的一点响动也没有了，人们都上班的上班，上学的上学。阿三静静地排着纸条，她在等待那个句子的出现：比尔，在某个诗情盎然的夜晚，向阿三求爱。她知道不会是这一句了，可是别的一句将是什么呢？终于，"比尔"的名字出现了，然后是：在沙滩上，最后是两个字：游泳。比尔，在沙滩上，游泳。这是什么意思？阿三对自己说。她将纸条团起来扔在床下，打了个呵欠，瞌睡上来了，她都没来及拉开被子，便睡熟了。

其时，画界正悄然而起一股新画风，就是宣传画风。将当年十分流行的宣传画，以精细写实的风格再现出来，却作一些微妙的改动。就像那一幅画，将达·芬奇的"蒙娜丽莎"添上两撇希特勒式的小胡子。这样的宣传画，通过评论家一类的中间人，流向海外的收藏家。这种画风所要求的写实功力，使得画家们临时抱佛脚地日夜练着基本功。然后，宣传画又进一步变成新闻照片，以同样的手法作些改动，政治的讽意便更加突出了。阿三似乎是在一觉睡醒之后发现这新走向的。她想她是晚了一步，如何才能迎头赶上，摆脱落伍的处境？她从一个画室跑到另一个画室，这些画室里又充满了兴奋的情绪，前段时期的惶惑摇摆终告结束。人们或是在紧张地作画，或是高谈政治。许多小道新闻和政治笑话在这里流传，这些都成了他们创作的材料。其中最成功的一位是艺术院校的青年教师，他的画已被香港报刊刊登并作专题介绍。这个来自农村的孩子，有着惊人的想象力，将中国历史和现代化社会镶嵌成的场景，令人捧腹，比如秦兵马俑是足球看台上的观众，门将是孔子，罚点球的则是鲁梅尼格。他在他的乱糟糟的单身宿舍里日夜作画，废寝忘食。房间里充满了颜料味，脚汗味，还有方便面的调料味。他以农人样的苦吃苦做，创造和实践着新潮流，走向了世界。

阿三从这些画室一个圈子兜回来，脑子里乱了一阵子，慢慢地理出了头绪。其实所有的荒诞只来自于一个道理：时间空间的错乱，人和事的错乱。她翻出她的旧画，那些百货公司和十字路口的小人儿，决定就在这上面进行新的构思。她重新设计了调子，是亮丽而逼真的，就像美国柯达胶片的效果。这些小人儿不仅是芸芸众生，那些在醒目位置上的，都担任了重要角色，古今中外的政治人物，电影明星，著名人士，宗教首领，都是大家特别熟悉的形貌，经常在传媒中出现的那些，象征着历史和社会的趋向。此时此地，他们却在街头巷尾忙碌着凡人的生活琐事。这个画面除了那种刻薄的讥讽之外，却还流露出一些令人感动的气息，这是来自于那生活场景的细致和感性，是女性惟有的对日常人生的温馨理解。但是，这正使评论家有所犹疑，认为批判的力度不够，充斥着庸俗的市井乐趣。他不能认同他内心的触动，因为许多成功的作品都是违反着内心原则来的。不过评论家还是决定试一试，谁知道，也许呢？这些美国人是那么不可思议。

许多古怪的画，源源地涌向这些代理人手里，连他们都有些吃不准了。他们的判断力受到挑战，有时便不得不求助于画家。他们将这个画家带去看那个画家的画，将那个画家带去看这个画家的画，听取他们的意见作为参考。同时，也有许多画家，最终抛开了中间人，自己与画商发生了联系。再有就是一些国外的职业的代理商开始进入画界，他们自然是内行多了。他们很快挤走了本地的这些半路出家的中间人，甚至不需要他们介绍画源。他们一到某个酒店住下，就会有画家上门。他们来到的消息，传得比风还快。那个驻香港的美国人果然预料得不错，甚至，比他预料的还要迅速，仅只两年时间，市场就大了起来。而两年后的今天，他自己已经把注意力投向越南和柬埔寨。这时候中国大陆的画价，已经远不是当初，带着哄抬的架势，连最无资历的画家，开价也有些吓人，并且非美金不行。过去那些老主顾，如阿三他们，有时也会寄画作的照片给他，他以一个生意人的灵敏嗅觉，看出这些画作的商业气和潮流化，早先的为他视为宝贵价值的那股天真的茫然，不再有了。渐渐地，这个带有开拓者意味的画商便悄然退出了这个城市。

事情变得很热闹。更多的画家纳入卖画的行列，竞争日益激烈，紧张的气氛笼罩在画室上方。有一些画家率先关闭自己的画室，谢绝参观，为防止探索的成果被模仿。所有的创新一律带有容易模仿的特征，抢第一的风气极盛。新探索面世的这一日，就是被埋没的一日，一大批同种面貌的画作涌现，淹没了独创性。这时候，大家都有些手忙脚乱的，迫不及待。宣传画风已经被真正的宣传画替代。这些不知从哪个角落里觅来的旧宣传画，被剪贴制作成另一幅作品，那画上的污迹和折痕都赋予了抽象的含义，深不可测。拼贴画就这样兴起了，画家们放下画笔，拿起剪子，埋头于制作。

一切都取决于灵感。灵机一动也许就能带来巨大的成功。其中没什么道理好讲。像先前评论家和阿三的那类理论探讨，再是文不对题，在此也不需要了。现在是像参禅似的。人心有些焦虑，好念头迟迟不到。那种农人式的勤勉劳动也不起作用了。那位青年教师已经辞职，背一架照相机，骑一辆自行车出去旅行，抛下了身后这个喧嚣的城市。

阿三住的那幢楼里，陆续有人进来装修，成天敲打个不停，还有冲击钻和电刨的怪响。阿三只得腰里别个随身听，用耳机把耳朵堵上。就这样还不行，依然吵得头昏。无奈，便避出去，反正在房间里也无甚可做。她已经有许久没有画画了。似乎，该画的都画过了，接下来，再做什么？她已经经历过几次这样丧失目标的阶段，每次都会获得契机，柳暗花明。阿三相信这次也会，所以心头不像前几回那么着慌。可是，契机什么时候来临呢？她无从着手去做努力争取，只有等待。

在阿三的这幢楼的前后左右，都开辟了工地，许多楼房将要平地而起。很快，就是一个大规模的住宅小区了。阿三走在工地旁的泥路上，看着自己的鞋尖，一些草和小花，被她踩进了柔软的泥里。她发现，春天又到了。迎春花疏朗的黄花在冷风凛冽的空气里摇曳着。空气里有一股含蓄的潮湿，也是春天的意思。

阿三的心情有些转好，轻松起来。

她走到土路的尽头，并没有急着转身，而是走进那一片刚清理出来的空地。这里刚迁走一个乡镇小厂，地上有平地机的压痕，还有汽车轮胎的压痕。这时候，阿三在地上看见了一幅奇异的图画，十几只线织手套被压进了泥地，呈现出纵横交错的线条，分布得那么均匀，手套上的辫子花有一股粗粝而文雅的气质。阿三停住脚步，眼光久久流连在那上面，心想：这才叫踏破铁鞋无觅处，得来全不费工夫。

阿三退出空地，然后转身向回走去。她明白她要做什么了。现在，又有一大堆事情等着她做，而且刻不容缓。

阿三的画室成了制作工场。她用颜料和油剂调制成灰浆，厚厚地抹在画布上，不等它干便将线手套或者线袜随手抛上去，然后压实，再慢慢揭去，使其留下印痕。那分布与交叠的微妙之处，全在于她任意地一抛之间。这带有中国画泼墨的即兴的意味，也带有命运的哲学的意味，还像是一种游戏。有一些手套和袜子抛到了一堆，有一些却抛出了画外，这都是宿命。阿三给这些画起了一个名字，叫作"劳动"。她是反其道而行之的意思，明明是玩耍，却偏说是"劳动"。这批画一出阿三的画室，便在画家之间流传开了。同类型的作品一时间蜂拥而出，当然，印痕的样式各是各的，花色百出，有一些更加别出心裁。其中卖得最好价钱的一幅，是二乘二米大小，刻着砖石瓦砾的锐痕，题目叫作"原始社会"。要追究起来，阿三的画是这一切的源泉，可是大家都心急慌忙的，谁有耐心去追根溯源呢？

当然，也有阿三在别人的源头上发展的时候，比如那些剪贴画。阿三动的是月份牌的脑筋，收集来一些美女月份牌，再行加工。所以，这笔账就不能认真算了。

阿三的这些痕迹画，其实还开了个头，就是绘画向雕塑方面的转变。人们渐渐不甘心只在画布上刻些痕迹，而是要真实物件亲自登场了。一些破布烂衫出现在画面上，甚至更大的物体：水壶，铝锅，火钳，草帽。名堂越来越多。只是这样的作品给那些画商的收藏带来一定的困难。但与此同时，画商为某些画家在海外开办商业展出的好消息也传来了。出国办画展，是每个画家的美好心愿。

阿三开始寻找这样的机会。她把她作品的照片纷纷寄给各领事馆的文化部门，以及她所知道的画商。明知道这样并不会有什么结果，但聊胜于无。随后，她再各个出击。她跨过中间人，直接和画商联系，为他们安排住宿的酒店，陪他们看画，游玩，买东西。就这样，她认识了法国画商马丁。马丁的画廊在法国东部与德国交界的一个小城里，他对中国并不熟悉，阿三是他认识的第一个中国画家。

马丁所在的小城是一个僻静的地方，城里人口不过几万。画廊是他祖父手里创建的。和那个时代的法国人一样，艺术是他生活的一部分，并不视为奢侈的。这个画廊有上下两层，一层是主人的收藏，二层则是流动性的展出。在过去的岁月里，马丁家并不指望它挣钱，只是将它作为他们家庭的一个建设，同时也很骄傲为这小城提供了艺术生活。到了马丁这一代，情形则有些不同。马丁是在美国西部读的大学，学的是传播。他是有些野心，也有些见识。当他回到他那宁静的带有避世意味的故乡小城，就产生了一种要使家乡与世界沟通的想法。他决定利用画廊这个地方。

就像欧洲人从教堂里上了西方艺术的第一课，马丁是在中国餐馆里启蒙了东方文化。那金碧辉煌的厅堂，富丽豪华的气派，俗艳到头又折回到雅的装饰，都暗合着马丁内里的浮华的心意。中国菜也是浓油重彩的，有一股香艳的格调。而与这一切形成对比，中国侍者的黄皮肤的脸却一律呆板，冷漠，面无表情。在垂着华丽流苏的宫灯照耀下，真有些像安格尔的画。

在美国读书时，他认识了一个大陆来的中国留学生，就是通过他，再经过几道转折，他来到阿三面前。这时候，他是二十四岁，比阿三小三岁。

马丁是瘦长的个子，颈子和手腕从扣整齐的衣领衣袖中伸出长长的一截，就像是那种正在蹿个子的中学生，无法买到合身的衣服。他的白皮肤叫东方夏季的太阳晒得发红。为了降温，他便一个劲地喝可口可乐，然后就打着嗝，一边说着"对不起"。虽然他去过巴黎和纽约、洛杉矶，上海的拥挤和杂乱还是叫他吓了一跳。他一走出酒店就蒙头转向，在联络到阿三之前的两天里，他都是在客房看电视度过。因此，阿三一旦出现，并且说着流利的英语，马丁立即有了种他乡遇故知的心情。然后他们便走出酒店，到各处逛着。一天下来，马丁便晒红了。

严格地说，马丁是个乡巴佬，没见过多少世面。他一步不离地跟着阿三，生怕走丢了。花钱方面也很吝啬，他们总是在那种小铺子里吃饭，并且总是在晚饭前回到酒店，然后就在大堂站住脚，握手，道别，把阿三打发回去了。他对艺术也说不出多少懂的，甚至谈不上是爱好艺术。尤其让阿三感到意外的是，他对西方现代艺术几乎无甚见解，他甚至显得有些闭塞。这倒使阿三在他面前有了自信。她陪他逛了三天，就带他去了浦东。当轮渡渐渐离岸，马丁站在甲板上，望着往后退去的外滩的楼群，说，这有些像塞纳河，阿三方才想起马丁是来自法国的青年。

马丁看阿三画时，神情变得慎重和严肃了。在此之前，他还是腼腆，羞怯，对阿三怀着依赖。他坐在地上，阿三将一幅画安置在他前面，过一会儿，他用手指轻弹一下可口可乐的铁罐，表示可以过去了，阿三就再放上另一幅。他一直没有出声，也没有喝可乐和打嗝，凝神在画上。阿三不由有些不安，她克制着不去看马丁的淡蓝眼睛，那里有着一些决定命运的东西似的。她原先是没有把马丁放在眼里的，可是现在却有些不同。这个画廊老板的孙子，生活在法国，他的天性里就有着一些艺术的领悟力，虽然无法用言语表达。从米开朗琪罗开始的欧洲艺术史，是他们的另一条血脉，他们就像一个有道德的人明辨是非一样明辨艺术的真伪优劣。

上午九点钟的太阳已经炎热起来，电风扇忙碌地转着头，徒劳地驱散着热浪。有一块阳光正照在马丁一边脸颊上，汗流了下来，而他浑然不觉。

所有的画都看过了。马丁喝了一口可乐，又喝了一口，然后把那剩下的半罐统统喝完了。他抬头看着阿三，脸上又恢复了先前羞怯和依赖的表情。他说：

你还有没有别的画了。只这一句便把阿三打击了。阿三生硬地说：没有。马丁低下了头，好像犯了错误却又无法改变。停了一会，他说：你很有才能，可是，画画不是这样的。阿三几乎要哭出来，又几乎要笑出来，心想他自己从来没画下过一笔画，凭什么下这样的判断。她用讥讽的口气说：真的吗？画画应该是怎样的？马丁抬起眼睛，勇敢地直视着阿三，很诚实地说：我不知道。阿三又是一阵哭笑不得。可是在她心底深处，隐隐的，她知道马丁有一点对，正是这个，使她感到恐惧和打击。她也在地上坐下，坐在另一角。热气渐渐灌满了这房间，电风扇的风也是热的。马丁伸手到背囊里又掏出一罐可乐，刚要拉盖，被阿三制止了。她说：我给你拿冰镇的。然后起身去冰箱里拿来一人一罐。马丁从她手里接可乐时，朝她一笑，很老实卖乖的样子。阿三就不好意思生气了。

马丁说：我热得就像一条狗样，说着就伸出舌头学狗的样子喘气。阿三没好气地说：你是一条会咬人的狗。两人都笑了。有一股谅解的气息在他们之间升起，彼此好像接近了一些。这天的午饭，是吃阿三煮的方便面，面里打上两个鸡蛋，再加一把蒜苗。吃过饭都有些困顿，各在各的角落里打盹，有一句没一句地聊着闲天。最热的午后挨过去了，太阳西移，稍稍透气了一些。远处有电动打夯机的声音响起。最后，天边泛起了晚霞。先是一团，然后崩裂开来，铺了一大片，光线变得瑰丽多彩。马丁说：这像我家乡的天空。接着就说起那里的情景：蜿蜒上行的石子街，街边的小店，张着太阳伞，门前有卖冰淇淋的，上方悬一只小铃，摇一下铃，老板就出来做买卖。城里有一个方场，早晨有农人设摊卖菜和鲜花。节日的晚上，青年们就走出家门，在方场上跳舞，居民自己组织的乐队奏着乐，通宵达旦。这里的人几乎彼此认识，都是几辈子的老住户，有些人，从来都没有离开过。你知道，马丁说，法国和中国一样，是一个老国家，就是这些永远不离开的人，使我们保持了家乡的观念。最后，他说到了他家的画廊，两人不由都静默了一下。

停了一会儿，马丁说：我们那里都是一些乡下人，我们喜欢一些本来的东西。本来的东西？阿三反问道，她觉出了这话的意思。马丁朝前方伸出手，抓了一把，说：就是我的手摸得着的，而不是别人告诉我的。阿三也伸出手，却摸在她侧面的墙上：假如摸着的是那隔着的东西，算不算呢？马丁说：那就要运用我们的心了，心比手更有力量。阿三又问：那么头脑呢？还需不需要想象呢？马丁说：我们必须想象本来的东西。阿三便困惑了，说：那么手摸得着的，和想象的，是不是一种本来的东西呢？马丁笑了，他的晒红的脸忽然焕发出纯洁的光彩：手摸得着的是我们人的本来，想象的是上帝的本来。

现在，阿三觉得和马丁又隔远了，中间隔了一个庞然大物，就是上帝。这使得他们有了根本的不同。一切在马丁是简单明了的，在阿三却混淆不清。阿三不由得羡慕起马丁，可她知道她做不了那样，于是便觉着了悲哀。

这天晚上，他们一起乘轮渡到了浦西，然后在一条曲折的弄堂里找到一家面店。面店设在老式石库门房屋的客堂间里，天井里也摆了桌子，大门口亮着一盏铁罩灯。楼上和隔壁照常过着自己的日子，都已吃过晚饭，开着电视机，频道不同，声音就有些杂沓，又掺着电风扇的嗡嗡声。弄堂里有人摆了睡榻乘凉、聊天或者下棋。他们各人吃一碗雪菜肉丝面，要的啤酒是老板嘱邻居小孩临时到弄堂口买来的。他们碰了碰杯，忽然会心地笑了。这一天，虽然没有任何结果，可是，两人却都过得很满意。他们已经是朋友了。

在外滩分手的时候，阿三照往常伸手握别，马丁却说：不，我们应当按法国式的。说着，上前在阿三两颊上亲了亲。阿三看着他弓下瘦长的身子，钻进一辆夏利小车。然后，车开走了，融进不夜的灯火之中。

阿三没有回浦东，而是转身跳上一辆公共汽车，向市区去了。

女作家的家里开着空调机，阿三一进去便感到沁骨的凉爽，心也安静了。女作家一个人在，穿着睡衣看电视，问阿三怎么多日不来，是不是有了奇遇？阿三不说话，只一杯杯地喝水，方才面条里大量的味精，这时候显出效果来了。喝了半天水，阿三放下杯子，问了女作家一个关于宗教的问题：上帝在什么地方。女作家戏谑道：你问我？我还问你呢。阿三就有些不好意思，觉着自己造作了。这也就是女作家可爱的地方，她不虚假。女作家又紧逼着阿三问有没有奇遇。阿三很想和她谈些马丁的事，可是一张嘴，说的竟是比尔。她说：比尔，你知道吗？美领馆的那个文化官员。女作家说：怎么不知道，他早已调任韩国了。阿三说：我和他有一段呢，你看我英语说得这样，从哪里来的？就从他那里来的。

女作家认真起来，注意地听着。阿三眼睛里闪着亢奋的光芒，她说着比尔和她的恋情，好像在说别人的故事。她隔一会儿就须重复一句：怎么说呢？她真的找不到合适的词汇，可以把这段传奇描述得更为真实，好叫人信服。一切都像是叙述一部戏剧，只有结尾那一句是肯定无疑，有现实感的，那就是，比尔说：

我们国家的外交官不允许和共产主义国家的女孩子恋爱。这是千真万确，也因为它，女作家相信了阿三的故事。

阿三说完了比尔，心里突然涌上一股空虚感。她怀着恐惧想道：她现在什么都没有了，倘若没有新的事情发生，而且，难道她真的能够忘记比尔吗？她沮丧起来，在沙发上蜷起身子，一言不发了。她感到了这几天受热和奔波的疲乏，喉咙剧痛起来。她怕她要生病，就向女作家讨几片银翘解毒片。女作家递给她药时，她抬起可怜巴巴的眼睛，说：你看我能有一天出去吗？

女作家把药片重重地往她手心里一放，转身回到自己的座位上：出去，出去有什么好？停了一会儿，她缓和下口气，说：阿三，我送给你两句话，有意插花花不发，无心栽柳柳成荫。

第二天，阿三到马丁住的酒店去。马丁已经站在大堂里等她，看见她到，便很高兴地迎上前。阿三感觉到这一天过后，马丁对她产生的亲切心情，心里有些感动。马丁拉着阿三的手问，今天去什么地方。他觉得阿三有权利安排他的一切。原先，阿三是不打算让马丁和其他画家见面的，可是昨天过来之后，她的计划变了。她晓得马丁不是欣赏他们这些画家的人，他和以往的画商不同，所以也没必要垄断他了。并且，她想到马丁花了这么多法郎来到中国，应当看得再多一些，也不致显得自己太小气。于是她就向马丁宣布今天去看另外些画家的画。然后，他们出发了。

马丁与比尔相比如何呢？阿三问自己。在这矗立着孤零零的柏树的丘陵地带，马丁和比尔一样显得朦胧，含糊不清。好像只是两个概念，而没有形象。阿三动了动身子，长久地坐车使她感到疲乏，风景又是那样单调。这时她注意到隔一条走廊的邻座上，那两个女劳教的脸上有奇怪的笑容。她不解地顺着她们低斜的目光看去，见其中一个正暗暗地做着一个下流的性交的手势。阿三感到了作呕，收回目光，扭过脸去。其实，在拘留所的日子里，她对她将要面临的生活，已经有所了解，做好了准备。

穿过茫然，马丁的眼睛还是浮现起来了。同样是蓝色的眼睛，却也不尽相同。比尔是碧蓝的，是那类典型的蓝眼睛，像诗里写的那样；马丁却是极浅淡的蓝色，几近透明。两人都是高和健壮的，但比尔匀称，似乎身体的各部位都经过了严格的训练，而使其发育完美，比例合格；马丁则像是一棵直接从地里长出来的树，歪歪扭扭，却很有力量。比尔自然更为英俊漂亮，像个好莱坞的明星；马丁却更接近天籁，更为本质。似乎，比尔是个从试管里培育出来的胚胎长成的，马丁却是一千代一万代延续下来的生命果实。而正因为马丁是这么一种自然的生物，阿三便觉着更加隔膜了。连他的吸引也是隔膜的。比尔的世界是大的，喧腾的，开放的；马丁的则是宁静，偏僻，孤立，接近它的道路更为曲折。

他们的爱发生在最后的三天之内。这确是称得上爱的关系。这三天里，他们一天比一天亲密。尤其是马丁，因为知道他们一定是要分离，流露出的情感更为强烈。阿三却要比他乐观，因她抱着事在人为的希望。她留宿在马丁的房间，"请勿打扰"的牌子从傍晚直挂到次日中午。马丁人在旅途，知道这爱情的宿命，不会有任何结果。他对阿三难以释手，他连连地说"我爱你"，好像要以爱来拯救一切。阿三想到，她等比尔说出这句话，结果是在马丁这里听到，人事皆不同了。可她心里也是欢喜的。她是相信爱的。和比尔不成，是因为比尔对她不是爱，可是，"马丁爱我"。他们百般缱绻，然后累了，便一同睡去。有时马丁先睁开眼睛，看着阿三的中国人的脸在窗帘透进的薄光里，小而脆弱，纤巧的鼻翼看不出地翕动着，使那轮廓平淡的脸忽显得生气勃勃。他想起在他遥远的家乡，那一家中国餐馆里，有一幅象牙的仕女图。中国人的脸特别适合于浮雕，在那隐约的凹凸间，有一股单纯而奥妙的情调。他真是爱她，他忍不住要去吻她，把她吻醒，再缱绻个不够。

尽管是有这留宿的三晚，阿三仍然感觉与马丁是一场精神上的恋爱，保持着特别纯洁的气息。他们像姐弟一般搂抱着睡觉，又像姐弟一般手牵手地逛街。马丁的那双大手啊，流露出多少虔诚。它是笨拙的，因知道自己笨拙，便小心翼翼。光凭这双手，阿三也知道："马丁爱我"。看见马丁过于瘦长的四肢，阿三忍不住就要去胳肢他，于是他便像落水的人一样胡乱划动着手脚，将近旁的东西都打落在地。阿三笑着说：我们中国人有一句老话，说男人怕胳肢，就怕老婆。马丁笑着说：我不怕老婆，我怕阿三。听到这话，阿三的心就沉了沉。趁阿三走神，马丁也去胳肢她，却没有收到预想的效果。马丁有点扫兴，可是接触阿三的身体使他温存。他把阿三抱在怀里，看着她的眼睛。这像浮雕似的细致的眼睛里，有一些模糊的神情是为他不能了解，这触动了马丁，于是他又伤感起来。

他抱着阿三，阿三也抱着他，两人都十分动情，所为的理由却不同。马丁是抱着他的一瞬间，阿三却是抱着她的一生。马丁想，这个中国女孩给了他如此巨大的感动，虽然她画得一点也不对头。阿三想这个法国男孩能使她重新做人，尽管他摧毁了她对绘画的看法，她可以不再画画。一个是知道一切终于要结束，一个是不知道一切是不是能开始，心中的凄惶是同等的。马丁看阿三，觉着她离他越来越远，如同幻觉一样，捉也捉不住了。阿三看马丁，却将他越看越近，看进她的生活，没有他真的不行。马丁说：阿三，你是我的梦。阿三说：马丁，你是我的最真实。他们彼此都有些听不懂对方的话，沉浸在自己的思想里，被自己的心情苦恼着。

太阳一点一点下去，又一点一点起来。它在房间的固定的一点上慢慢地收住它的光，又在另一点上伸延着它的光。即使隔着窗户上的纱帘，它也能穿透进来。这真是催人落泪的。

离别的时刻就要来临了，马丁终于要收拾他的行李了。房间里东一摊西一摊的，他的东西，渐渐地收拢起来，渐渐地就好像没有住过马丁的样子。马丁的剃须刀，香水，马丁的旅游鞋，马丁的衬衫，全都装进了房门边的两个大包里。那两个大包却还是空空的，有许多空裕。阿三忽然说：把我装进这里，带我一起走吧！马丁说：我要把你揣在我的口袋里带走。他把阿三的话当作了离别前恋恋不舍的情话，可阿三却一不做二不休，她抓住马丁的手，颤抖着声音说：马丁，带我走，我也要去你的家乡，因为我爱它，因为我爱你。她有些语无伦次，可是马丁听懂了。他的眼睛变得冷静了，却依然十分的诚实。他握住阿三的小手，送到眼前，仔细地看着那透明皮肤底下的蓝色脉络，然后说：阿三，我爱你。听了这话，阿三的身子向他近了一步，昂起头，焦灼地看着他的眼睛。他的眼睛淡得几近无色，那里有着什么呢？马丁接着说：可是，阿三，我从来没想过和一个中国女人在一起生活，我怕我不行。为什么？阿三脱口而出。她知道这问题无聊，不会有结果，可她却急于听到马丁的回答。马丁沉思了一下，说：因为，这对于我不可能。这就是马丁的魅力，他的回答，总是简朴到了极点，简朴到了真理的程度。

　　阿三垂下了手，马丁也松开了她的手。此时，两人都有一股说不出的失望，一个美好的记忆还没有形成就已经破碎了。彼此都猜错了心思，本来的相互理解，现在变成了不理解。都有些委屈，又不便诉说。于是就沉默着。最后的时间在沉默中度过。马丁的中国之行在这最后的时刻变得不堪回首，带着毁于一旦的痛切之感。于阿三来说，却几乎是痛及她的整个人生。她想：比尔不和她好，是因为不是爱她，马丁爱她，却依然不和她好，她究竟在哪一点上出了毛病？

最后，就要走出门了，两人又紧紧拥抱在了一起。可是，都体会到这动作里的虚假。似乎，在这一刻里，两人都认识到自己的义务：要将这场恋爱画上一个句号，使之善始善终。两人都极力不流露自己的失望，热烈地亲吻着，心里却感到了疲惫。因此，一旦分手，就都感到如释重负。阿三甚至没有送马丁到机场，只在酒店门口看他坐进出租车，与他挥手告别。她几乎是急着要与他离开。但这只是当时，仅仅过了一分钟，阿三就后悔了。她差一点就要跑回酒店门口，再要一辆出租车，赶往机场。她对自己说：时间还来得及。然而，她努力克制住了。

一个人往回走的时候，和马丁在一起的情景便涌上心头，历历在目。这二十天里发生了多少事情啊！天气依然那样炎热，看不见转凉的希望，可是马丁已经走了。阿三的眼泪流了下来。她想起了马丁温存的大手，是这样揽着她的小手，走在这人车熙攘的马路上。这时候，马丁从出租车的窗口望着烈日下赶路的人们，也在想着阿三。他知道他这一生中再也不会遇见这姑娘了，不由心如刀绞。

马丁走后给阿三来过两封信，阿三一封也没有回。

信封上的那个陌生的法国地名，于她是海角天涯。她知道那是欧洲的腹地。有着几百年不变的纯真的血统，它忠实地驻守在法国，是一道永恒的风景。她没什么要对马丁说的，说什么都无济于事。谈爱吗？算了吧，这是近乎奢侈的消遣，拿自己的感情做游戏。马丁的热情和忧伤，都扇不起阿三的心了。她甚至不懂他到底要什么。看他将他们的关系比作永恒中只能相遇一次的行星，是永远的瞬间，阿三便哭了，心里说：什么叫"永远的瞬间"？话是分开来说的，他，马丁，还有比尔，都是永远，而阿三就是瞬间。阿三把马丁的信都撕了。

可是，有一件事却激怒了阿三，使她平静不下来。那就是，阿三再不能画了。马丁的全盘否定，在一个重要的节骨眼上，打中了她。她想：马丁，你不负责任！马丁把她苦心建造的房子拆毁了，他应当还她一座，可是没有，他就这样拍拍屁股走了，留下阿三自己，对着一堆废墟。比尔走的时候，阿三还能画画，马丁走了，她却连画画也不能了。阿三虽然没有像爱比尔那样爱马丁——这是她经过比较得出的结论——但是马丁却比比尔更加破坏阿三的生活。

天气终于有了凉意。阿三挂在窗前的一只叫哥哥，渐渐声气微弱。阳光变得稀薄透明。房子前后的新楼也平地而起了。远处，有一只塔吊，在有雾的夜晚，那升降臂上的一盏灯，穿过雾障看着阿三，像一只夜的眼。这景色有一种纯洁的，但也是虚空的意味。午后时分，天空积攒着雨云，蜻蜓飞进房间，在突然变暗的黄昏样的光线里飞翔，翅翼闪着幽光。阿三想起马丁说的"本来"的概念。她静静地向昏昧的暗中伸手出去，似乎有蜻蜓飞行搅起的气流掠过手心。这就是"本来"吗？天已经暗到了这样的地步，如同黑夜一样，雨云铺满了整个天空，气压变得很低，呼吸都有些困难。雨马上就要下来了，甚至隐隐地听见有雷声，在厚厚的云层后面滚动。可是忽然间，雨云露出了边缘，阳光从那边缘里射了出来，天又亮了。这时候，才看见雨云原来是在飞速地奔跑，由于面积实在太大，要跑许久才可从头顶跑开。雷电终于没有来临，大雨也过到别的区域，蜻蜓飞走了。那接近于"本来"的幻觉也消逝了。

阿三躺在她的床上，看着窗口的景象。房间里堆着她的没卖出的画，几乎可代表这几年的美术史。没有人上门，人们都知道阿三和一个法国画商打得火热，眼看就要传开阿三去法国的流言。

现在，阿三已经划进专门为外国人准备的那类女孩子，本国的男孩子放弃了打她们的主意。这就是阿三至今没有遇上一个中国求爱者的缘故。她生活在一个神秘的圈子里，外人不可企及。谁也无法知道她们日常起居的真实内容，那就是有时候在最豪华的酒店，吃着空运来的新鲜蚝肉，有时候在偏远的郊区房子，泡方便面吃，只是因为停电而点着蜡烛。她们的时装就挂在石灰水粉白的墙上，罩着一方纱巾。还有她们摩登的鞋子，东一双，西一双的。

无所事事，阿三很想去找女作家。可是她似乎很感惭愧，她的新故事结束得太快，不值得一提。她想起那晚在女作家的客厅里，她的表现是让人有所期待的。她就没有去找她。

这样懒散地度过两个月之后，阿三终于囊中如洗。她这才强打精神去寻找挣钱的途径。上海宾馆对面有一家旅游品商店，老板是她的朋友，曾经向她收购过水彩和油画，以风景和静物为主。她当时因卖画正走红，自然嫌那收购价低了。但是，现在，她想来想去，只有去找他。她梳洗了一番，吃了最后一包方便面作早饭，就出门去搭轮渡。十月的高朗的天空，使阿三振作了精神。风是爽利的，将她一身的隔宿气扫尽。阿三气色看上去还不坏，心事已经沉淀下去，要有新开头的样子。她甚至已经在考虑将要创作的题材。她想她离开学校之后再也没有去写生过，出外写生的情景来到眼前，她便有些兴奋。这样，她又看见了浦西的建筑。江边的绿化地带有老人在做操，还有孩子。经历了这样的骚动的时期，她几乎怀疑还有没有和平的生活。现在，这情景给了她肯定的回答。阿三愉快地想到，去过旅游品店之后，就到女作家那里去蹭一顿午饭，对，要敲她一次竹杠，逼她去红房子。

　　阿三乘上电车，街景都是令人愉快的。商店刚刚开门，第一批顾客拥进店堂。地面上洒过了水，湿漉漉的，转眼间便干了。阿三的心情这样开朗，以致到了旅游品店，发现这店早已几经转手，竟也没感到太多的沮丧。老板是个中年女人，并不认识阿三的朋友，阿三就又举出四面八方好几位熟人的名字，以期与女老板搭上关系。只有一个得到她模棱两可的回应，她所说的那名字与女老板知道的有一字之差，阿三承认也许是她记错了。这样一来，就好说话些。可是，此时阿三却发现店堂里已不再出售油画和水彩画，多是些瓷砖画，还有俗丽的玻璃画。她就问女老板为什么不再卖油画和水彩画，女老板说那些东西卖不出好价钱，画家要的价又很高，索性算了。阿三就说：我给你画怎么样？女老板很厉害地说：我又没看见过你的画，怎么好说呢？阿三说：我给你画一幅，但你要先给我些定金。女老板就笑了：我没看见过你的画，怎么好给你钱？阿三就说：某某人是我的朋友，也是你的朋友，连这点信任也没有吗？阿三开着玩笑，然后转身出了店门，心里说：你要我画我还未必卖呢。

阿三站在林荫道上，秋天的阳光从梧桐叶里洒落在她身上，她感到身心都是轻盈的。新洗的头发直垂到腰下，合起来不过一指头粗细，披开来却千丝万缕。头发的凉滑感觉传到了全身。她穿一条旧的齐膝剪去、露着毛边的牛仔裤，黑色高领线衫的袖口则是从颈下开始，两个肩膀完全袒露着，脚上是一双细跟羊皮镂空凉鞋。她的样子显得很新颖，过路人都要驻足回望。

现在，我要去什么地方呢？阿三想。这个思索一点没有使她茫然，她心里是清晰和坚定的。是的，她谈不上有一点茫然，只不过是没有地方去。

她在树荫里站了一会儿，心里并不盘算什么。她感到身心那么舒畅，脸上浮起了微笑。身后旅游品店的女老板透过玻璃门看她，似乎也在等待着，看她将去什么地方。她将这女孩子划为某一类人中间。在这里开店的日日夜夜，她见多识广，人们大多逃不出她的判断。

阿三细长的发梢在微风中轻轻飘荡，她用一个小玻璃珠子坠住它们，使它们不致太过扬起。她的细带细跟镂空鞋有一只伸下了街沿，好像一个准备涉水的人在试着水的流速和凉热。她的身姿从后看来，像是一个舞蹈里的静止场面，忽然间她的身体跃然一动，她跨下了人行道，向马路对面的宾馆走去。女老板的脸上浮起了微笑，似乎是，果然不出她所料。

阿三走进大堂，左右环顾一下，然后在沙发上坐下。早上的酒店，正处在一股善后和准备的忙碌之中。清洁工忙着打扫，柜台忙着为一批即将离去的客人结账，行李箱笼放了一地。咖啡座都空着，商店刚开门，也空着。在玻璃门外的阳光映照下，酒店里的光线显得黯然失色，打不起精神。阿三坐在沙发上，一条腿架在另一条腿上，悠闲且有事的样子。她的眼睛淡漠而礼貌地扫着大堂里忙碌着的人和事，是有所期待却不着急。她的视线落在空无一人的咖啡座，她和比尔来过这里，是在晚上，那弹钢琴的音乐学院的男生心不在焉，从这支曲子跳到那一支。

这时有人走过来问，阿三旁边的座位有没有人。阿三收回目光，冷着脸什么也不说的，只是朝一边动了动身子，表示允许。那人便坐下了。这时候，一圈沙发都已坐满，人们脸对脸，却又都躲着眼睛，看上去就像有着仇似的。阿三对面是一对衣着朴素的老夫妇，他们很快被一个珠光宝气的香港女人接走了。香港女人说着吵架般的广东话，老夫妇的脸上带着疏远而害羞的表情，三个人朝电梯方向去了。他们的位子立即被新来的两个男人填上了。阿三左边的单人沙发上坐着一个中年人，派头倒不坏，却全叫那一身灰色西服穿坏了。说是说西服，可跨肩和后背，以及袖口，全是人民装的样子。膝上放一个人造革的公文包，两眼直视前方，一动不动。他对面，也就是阿三右侧的单人沙发上那一位则正相反，脖子上了轴似的，转动个不停，虽是坐着，却给人翘首以望的感觉。好几次，他眼睛里闪出兴奋的光，手已经摔动起来，差一点就要喊出声来，最后，才发现认错了人。

阿三看见，前边一圈沙发上并没有坐满，一些外国人宁可站着，也不愿挤在一起。甚至本来坐着的，一旦旁边有人落座，也立即站起走了开去。阿三愤怒地想到，中国人连汽车上一站路的座位也不愿放过，而要争个不休的恶习。并且发现这么团团坐成一圈，不是一家、胜似一家的滑稽景象，便想站起来也走开去。可是再一想为什么是她走，而不是别人走？就又坐了下去。这时再一抬头，发现左右对面都换了新人，连坐在她身边的那位也换了个与她年纪相仿的小姐。

大堂里开始热闹起来。人的进出频繁了，隔壁咖啡座有了客人，大声说话，带了些喧哗。自动电梯开启了，将一些人送去二楼的中餐厅。一阵热闹过去，大堂重新安静下来。不过与先前的安静不同，先前是还未开场，这会儿却已经各就各位。阿三身边的沙发不知什么时候都空下了，咖啡座又归于寂静，自动电梯兀自运作，没有一个人。柜台里也清闲下来，一个个背着手站着，清洁工在角角落落里揩拭着，有外国小孩溜冰似的滑过镜子般的地面，转眼间又没了人影。阿三依然保持着悠闲沉着的姿态，只有一件事叫她着恼，就是她的肚子竟然叫得那么响，又是在这样安静的中午，几乎怀疑身后不远处那拉门的男孩都能听见了。一个男人在阿三对面沙发上坐下，看着阿三，眼光里有一种大胆的挑衅的表情，阿三装作看不见，动都没动，那人没得到期待的回应，悻悻地站起身，走了。阿三敏感到，大堂里的清洁工和小姐，本来已经注意到她，但因为那男人的离去，重又对她纠正了看法。

停了一会儿，她站起身来，向商场走去。她以浏览的目光看了一遍丝绸和玉石，慢慢地踱着，活动着手脚。人们都在吃饭或者观光，这一刻是很空寂的。虽然饥肠辘辘，可是阿三的心情没有一点不好。她喜欢这个地方。虽然只隔着一层玻璃窗，却是两个世界。她觉得，这个建筑就好像是一个命运的玻璃罩子，凡是被罩进来的人，彼此间都隐藏着一种关系，只要时机一到，便会呈现出来。她走到自动电梯口，忽然回过头，对着后她一步而到的一个外国人微笑着说：你先请。外国人也客气道：你先请。阿三坚持：你先。外国人说了声"谢谢"，就走到她前面上了电梯。阿三站在外国人两格梯级之下，缓缓地上了二楼，看着那外国人进了中餐厅。她在二楼的商场徜徉着，看着那些明清式样的家具和瓷器。

她没有遇上一个人。

当她再回到大堂，她原先的座位已被几个日本人坐去，她也乐得换换位置，便来到另一圈沙发前，仍然挑了一具双人沙发坐下。这一回，她的神情更加轻松，带了股勃勃的生气。她一扫方才的冷漠和悠闲，脸上浮起亲切可爱的笑容，使人觉着她有着一些按捺不住的高兴事，她所以坐在这里，就是为了这高兴事。大堂里的大钟已指向一点，用过餐的人从自动电梯上下来。又到了一个外国旅游团，拥满了大堂，柜台里重新忙碌起来。外国人的合着浓重体味的香水气，顿时充满了空间。阿三喜欢这样的气氛，乱是乱了点，可却有些波澜起伏的。她已经不再感到肚饥。她向旅游团里的一个老太说了声"哈啰"，她正摸索过来坐下歇歇脚，她也对阿三说了声"哈啰"，因为初到这个国

家而受到欢迎心感愉快。阿三又问她是从哪里来，她
回答说：美国。正要继续攀谈，却听导游在招呼集合，
老太只得归队去。阿三很怜悯地看着她蹒跚的背影，
说：祝你好运。

　　这时候，她听见耳边有一个男声用英语说：劳驾，
小姐。起先她不以为是对她说，可是那声音又重复了
一遍：劳驾，小姐。她这才回过头去，看见身后站着
一位亚洲脸形的先生，系在长裤里的T恤衫上印着
"纽约"的字样。他面色白净，头发剪得很整齐，脸上
带着温文尔雅的微笑。你是在叫我吗？阿三用英语问。
那先生点点头，阿三就说：我能帮你什么忙呢？他微
笑着说：我能否知道，你是从哪里来的。阿三头一偏，
说：你猜。日本，那人猜。阿三摇头。香港，那人又
猜。阿三还是摇头。那么，美国，那人再一次猜道。
阿三就说：保密。那位先生笑了，他绕到沙发前来在
阿三旁边坐下，阿三嗅到他嘴里口香糖的薄荷气味，
十分清爽。

　　阿三已经断定他是一个亚裔的外籍人，中国男孩
很少有这样清明的脸色，干净整洁的发型，和文雅的
笑容。并且，她注意到他长得十分端正清秀。阿三等
着他提出邀请，邀请她去那边咖啡座坐坐。在她看来，
这是起码的礼节，当一个男人主动搭识一个女人。他

却好像忘了有咖啡这回事，而是和她一个劲地攀谈下去。他和她说上海这城市的美丽，外滩有些像纽约，人也很开放，很国际化。阿三则故意反着他来，说这城市又脏又挤，人也粗鲁，踩了你的脚还要骂你不长眼。他则很具历史态度地说：那是因为十年“文化大革命”破坏了文明的缘故。阿三却反问：“文化大革命”顾名思义不是应当对文明有益，建设新文明吗？那先生耐心地向她解释“文化大革命”的实质，阿三便想：这一位倒是听了不少中国的政治宣传。她知道有这么一类外国人，比中国人更理解中国。就装作有兴趣的样子听着。她有意对他亲切而稔熟，好使柜台那边的小姐认为，她终于等到了她要等的人，一个老朋友。

　　等他终于说完，阿三带着讥讽的口吻说：听起来，你就像个中国人。他谦虚地说：我就是个中国人，阿三等着他的下一句，“不过是出生在国外”，好再去讥讽他的中国心，可那下一句却是：我出生在上海。阿三倒是一怔，再看那人的微笑，便觉带着些诡诈的意思。她沉下了脸，正过身子，往后一靠，说：我也是中国人，出生在上海。他站起身，依然以那温和礼貌的态度微笑着，说了声“再见”，便不见了。阿三想着：难为他有这样的仪表，却不会请小姐喝一杯咖啡。

而她忽然一转念，想到他也许正期待阿三提出邀请，请他去喝咖啡呢！阿三实在觉得荒唐，并且愚蠢。两个人还一句去一句来地说了一大通英语，直到最后一句"再见"，也是用的英语，真好像两个外籍人似的。阿三这会儿才有些丧气，觉出了这大半天的不顺利。她恼火地站起身，将放长带子的小皮包一甩，走出了大门。她刚走了两步，却听身后有人叫：劳驾，小姐！这可是真正的美式英语，有些混沌的，她不由站住了脚步。

　　一个外国人疾步向她走来，是那类面色慈祥的老外国人，你既可以叫他一声"父亲"，又可以与他谈爱。这就是外国人的好处，他们那种希腊种的长相，就像是一层浪漫的底色，无论何种身份，都可兼谈爱情。阿三等着他走近前来，准备问他：我能帮你什么。结果却是，他对阿三说：我能帮你什么？阿三想都没想，脱口而出道：请我喝杯咖啡。说这话时，她带了股怒气，将方才遇上的倒霉事，全怪罪到这个老头身上，谁让他自己找上门来的呢！老外国人说：很好。然后又问阿三，去什么地方。阿三沉吟一会儿，想这酒店她是不愿再回去了，还是换一个好。于是就带他进了邻近的一家老宾馆，上了二楼，在咖啡座就座了。

　　这宾馆的规模要小得多，客人也少，咖啡座只他们两个。阿三要了一客蛋糕，眼睛一眨就下了肚，又要了一客。不动声色的，三客蛋糕下了肚。老外国人笑眯眯地望着她，说她吃这么多甜食，为什么一点都不胖，简直是魔术。阿三并不回答。她一直爱理不理，方才的气还没有出完。老人又称赞阿三长得美，尤其是她的头发，真是飘柔如丝啊！说着就伸手去抚摸她披在肩上的散发。阿三却将头一甩，头发滑向了另一边。老外国人摸了个空，却并不生气，笑得更慈祥了。这时，阿三才觉得气出得差不多了，心情开始恢复。她将餐巾纸铺开，摸出一支墨水笔，三笔两笔替老外国人画了幅速写。她几乎没有看他，在她眼睛里，所有的外国人都彼此相像，当然，除了比尔，还有马丁。她将画着速写的餐巾纸提起来，对着老外国人的脸。老外国人很孩子气地叫起好来，说，简直是魔术。阿三说：我有许多这样的魔术，你要不要，我们可以谈谈价钱。老外国人说：这样出色的魔术，应当由大都会博物馆来收藏。阿三听出老外国人的滑头，就顺着他话说：那就请他把这个转交给大都会博物馆。说着把餐巾纸叠起来，郑重地交到他手上。两人都笑了。

这时候，老外国人说：我叫乔伊斯，是美国人。阿兰说：我叫苏珊，是中国人。因为这是不必说的，于是两人又笑。这样他们就算是认识了。乔伊斯接着告诉她，他住在美国的洛杉矶，开了一个加油站；儿女都大了，有的住在东，有的住在西，妻子去年死了；本来他们约好等将来老了，把加油站卖了，就来中国旅行，可是没想到，死神比将来先到一步，妻子走了，他这才明白，将来其实是永远到不了，又是永远在昨天的；过了一年，他便卖了加油站，到了中国，可是，他的妻子却永远不会来中国了。阿三听出了神，她开始怜悯这个老乔伊斯，并且开始消除他们这种邂逅方式里的天生的敌意。乔伊斯将领口里一个鸡心坠子掏出来，揭开盖，让阿三看他妻子的照片。阿三将脸凑近去，并没有看照片，而是眼睛溜了过去，看见老头领口里的脖颈上面长着斑点，起着皱，真是一个老人了。阿三退回身子，表示了她的同情。老人接着说他的妻子，是个老派女人，一生都在勤恳地劳动，抚育儿女，协助丈夫，料理家务，她生前很想来中国，是因为中国熊猫的缘故，她是一个爱护动物的女人，天性博爱。

　　阿三听着他的唠叨，心里有些不耐，惴惴的，不知道下一步会是什么。然而，事情立刻结束了。老人忽然把话头打住，招手让小姐来买单，然后笑盈盈地对阿三说，下午旅游团是去买东西，他对买东西向来没有兴趣，看见阿三之后就想，也许这位小姐会有兴趣听他谈谈，真是非常感激，上海真是个好地方，上海人那么友善，到处可以看见他们的笑脸，现在，他要赶回去和大家一起晚餐，然后去看杂技，那里有熊猫。阿三有些发懵，不知该回答什么，乔伊斯又加了一句：可是苏珊你真能吃甜食啊！阿三甚至没明白"苏珊"指的是谁，就跟着他一同站起，走出了咖啡座。

这一天的最后一件事，是去找评论家，向他讨来彼此都已忘却的一笔拖欠的画款，从此便两清了。

这一次酒店大堂的经验，很难说是成功还是失败。重要的是，阿三自己必须搞清楚，她期待的是什么，难道仅仅是与外国人同饮咖啡？阿三当然回答：不是。可是，喝咖啡是一个良好的开端，接下来的，谁又能预料呢？也不排斥会是乔伊斯的那种。天晓得他是不是叫乔伊斯，就好比天晓得阿三叫不叫苏珊。不管怎么说，和乔伊斯的事情至少证明了事情的开头是可能的，只要事情开了头，总要往下走，总会有结果。这样一想，阿三就安心了。

下一日，阿三直睡到日上三竿，下午三点才过江到浦西。这一回，她坦然地走进咖啡座，要了一杯饮料，然后，怀着新鲜的兴致望着四周。此时此刻，正是酒店大堂活跃的时分。咖啡座里几乎满了一半，三三两两，有的高谈，有的低语。惟有阿三是独自一人，但她沉着而愉快的表情，使人以为立即有人去赴她的约。这是幽暗的一角，从这里望过去，明亮的大堂就像戏剧开幕前的喧哗的观众席，而这里是舞台。大幕还未拉开，灯光还未亮起，演出正在酝酿之中。阿三心里很宁静。有人从她身边走过，不是她期待的那类人，所以她无动于衷。周围的人与她无关，都在说着自己的事，喝着自己的饮料，可就是这些人，这些低语，杯子里的饮料，咖啡的香，还有那一点点光，组成了一种类似家的温馨气氛，排遣了阿三的孤独和寂寞。这样有多好啊！她忘记了她的画，也忘记了比尔和马丁。因为这里除了有温馨的气氛之外，还有着一种矜持的礼节性的表情，它将私人性质的记忆隔离了。

有外国人走过来，眼光扫过她，向她微笑。阿三及时作了反应，可是没有抓住。那人走了过去，在角落里坐下，不一会儿，又来了他的中国男朋友。阿三就想：那是个同性恋。

阿三高兴她对这里感到稔熟，不像那边的一个中年女人，带着拘谨和瑟缩的神情，又穿得那么不合适，一件真丝的连衣裙，疲软地裹在她厚实且又下塌的肩背上。她喝咖啡是用小匙一下一下舀着喝的，也犯了错误。有了她的衬托，阿三更感自信了。她才是真正适合于此的。又有人来了，着上去像个德国人，严肃，呆板，且又傲慢，阿三作着判断。他是单身一人，在隔了走廊的邻桌坐下了。小姐走过去，送上饮料单，他看都不看就说了声"咖啡"，然后从烟盒里取烟。一切都是那么自然，阿三站起来，向他走过去，问：对不起，先生，能给我一支烟吗？当然，他说，将烟盒递到她面前。阿三抽出一支，用他的打火机点上，又回到了自己的座位。两人隔了一条走廊吸着烟，谁也不再看谁。然后，他的咖啡送来了。小姐放下咖啡，从他们之间的走廊走过。似乎是，事情的一些成因在慢慢地积累着，这体现在他们两人看上去，都有些，僵。

当阿三抽完一支烟，在烟缸里揿灭烟头的时候，"德国人"又向她递过烟盒：再来一支？阿三谢绝了。两人相视而笑，神情放松下来。

先生从哪里来，德国吗？阿三问。美国，他回答。阿三就说：我错了。他问：为什么以为是德国？阿三戏谑地说：因为你看上去很严肃。美国人哈哈大笑起来。阿三心想：这就对了，一点小事就能逗乐他们美国人。美国人笑罢了说：你认识许多德国人？不，阿三慢慢地回答道，我有过一个美国朋友，他和你非常不同，所以，我以为你不是。美国人说：你的朋友到哪里去了？阿三将手指撮起来，然后一张开，嘴里"嘟"的一声，表示飞了。美国人就表示同情。阿三却说不，她微微扬起眉毛，表示出另外的见解，她说：中国人有句古话，筵席总有散的时候。美国人便不同意了，说：假如不是筵席，而是爱情。这回轮到阿三笑了，说：爱情？什么是爱情？

　　他们这样隔着一条走廊聊天，竟也聊到了爱情。两人都有些兴奋，都有许多话要说，可想了一会儿，却又都说不出什么来，就停住了。

　　停了一会儿，阿三问：先生到上海来观光吗？美国人回答说是工作，在某大学里教语言，趁今天星期日，到银行来兑钱，然后就到了这里。又问阿三是做什么的，阿三说是画家。问她在哪里学习，回说已经退学了。为什么，他问。不为什么，阿三回答，又说，知道吗？贵国的明星史泰龙，在他十三年的求学生涯中，被开除过十四次。美国人就笑了。

　　阿三很得意这样的对话，有着一些特别的意义，接近于创作的快感。这不是追求真实的，这和真实无关，倒相反是近似做梦的。这是和比尔在一起时初时获得的。当她能够熟练灵活地操纵英语，使对话越来越精彩的时候，这感觉越发加强了。这个异国的，与她隔着一层膜的、必须要留意它的发音和句法的语言，是供她制造梦境的材料，它使梦境有了实体。她真是饶舌啊，人家说一句，她要说三句。不久，便是她一个人说，美国人则含笑听着了。他显然没有她有那么多要说的。他看上去就是那种头脑简单的人，因为一人在外工作，便更感寂寞，有人与他说话，自然很欢迎。

时间过去，吧台那边亮了灯，演出将要开场的样子。灯光下调酒师的脸，也渲染了些戏剧的色彩。那边的形貌土气的女人早已与她的同伴走了，换上两个年轻小姐，一人对着一杯饮料，相对无言。阿三忽然提议道：一起吃晚饭，如何？美国人笑了，他正担心这女孩会一下子收住话头，起身告别，这一晚上又不知该怎么打发。他说：很好，并且说他知道这附近有一家小餐厅，麻辣豆腐非常好。于是两人各自结了账，起身走了。阿三感觉到那新到的两个小姐的眼光长久地停留在她的背上，吧台里的先生却低着头，摆弄他的家什，什么都没有看见。

晚餐是各付各的账，按美国人的习惯。虽然阿三手头拮据，但她却因此有了平等感。吃饭的时候，美国人告诉她，他的妻子儿女还在国内，倘若他再续职，就会将他们接来。阿三对他的家事并不感兴趣，心想：

我又不打算与你结婚。也正是阿三漠不关心的表情，加强了美国人的信心。一走出餐馆，他就拉住阿三的手，说：让我们再开始一场筵席吧！阿三想起方才关于筵席的话，险些儿笑出来，想这些美国人都是看上去傻，关键时刻比鬼都精。阿三没有挣出她的手，抬头望着他脸说：什么筵席？他认真地回答：就是总要散的筵席。他似乎受不了阿三的逼视，转过眼睛加了一句：我真的很寂寞。停了一会儿，阿三说：我也很寂寞。

后来，他们就到了他任教的大学专家楼的房间里。

这是一间老套房，新近才修缮过。现代装潢材料使它看上去更陈旧了。那些塑料的墙纸，单薄木料的窗帘盒，床头的莲花式壁灯，尤其是洗澡间的新式洁具；低矮的淋浴用的澡缸，独脚的洗脸池，在这穹顶高大，门扇厚重，有着木百叶窗的房间里，看上去有一种奇怪的捉襟见肘的局促感。阿三望着天花板上那盏新式却廉价的吊灯，垂挂于昔日的装饰图案的圆心之中，嗅着房间里的气味，混合着男用科隆水，烤面包和奶油香的气味。这使她想起她任家庭教师的那座侨汇公寓里的气味。那已经是多么久远的事了。她想起了比尔。

美国人被阿三所吸引。她在性上的大胆出乎他意外。相比之下，他倒是保守和慎重的。有一时，他甚至以为阿三是操那种行业的女孩。可是又感到疑惑，阿三并没有谈钱，连那顿晚饭都是一半对一半。当阿三套着他又长又大的睡袍去洗澡间冲澡的时候，他一直在心里为难着，要不要给阿三钱。最后决定他不提，等她来提。可阿三并没有提。她走出洗澡间后，就专心地摆弄着湿漉漉的长发。她盘腿坐在床上，有一些清凉的水珠子溅到他的身上。她的身子在他的睡袍里显得特别小，因而特别迷人。美国人忽觉得不公道，生出了怜惜的心情，他抱歉地说他不能留她过夜，因为门卫会注意到这个，并且他们还是陌生人。阿三打断了他的话，说，她知道。理完头发就开始穿衣服。等她收拾停当，准备出门时，他叫住她，红着脸，说：对不起，我不知道，是否……一边将一张绿色的美钞递了过去。阿三笑了，她沉吟了一下，好像在考虑应当怎样回答，而美国人的脸越发红了。阿三抬起手，很爽快地接回那张纸币，转身又要走，美国人又一次把她叫住，问他能否再与她见面。他说他下个星期日也没有课，还会去他们今天见面的酒店。

阿三走出专家楼，走到马路上，已经十二点了，末班轮渡开走了，她去哪里呢？这并没有使她发愁，她精神很好地走在没有人的偏离市区的马路上。载重货车哐啷啷地从她身边过去，脚下的地面都震动起来。她漫无目标地走着，嘴里还哼着歌。她洗浴过的裸着的胳膊和腿有着光滑凉爽的感觉，半干的头发也很清爽。一辆末班车从她身后驶过，在几步远的站头停下，连车门都没开。阿三疾步上去，叫道：等一等。才要起步的车又哗地开了车门。阿三也不看是几路车，去哪里，便跨上了汽车，门在她身后砰地关上了。

现在，阿三的生活又上了轨道，那就是，星期天的下午，与美国人约会，吃一顿晚饭，当然是美国人付钱，然后去专家楼的套房。这有规律的约会，并不妨碍她有时还到某个酒店的大堂咖啡座去，如遇到邀请，只要不是令她十分讨厌的外国人，她便笑纳。不光是消磨时间，也为了寻求更好的机会。什么样的机会呢？阿三依然是茫然。可大堂里的经历毕竟开了头，逐步显出它的规律，阿三的目的便也将呈现出来。

有一点是清楚的，那就是她避免发生太过混乱的情形。在这些流水似的大堂相识里，她基本保持有一个相对稳定的关系。起初是美国人，后来他的妻子儿女要来，这种每周一约便结束了。其时她已经开始和一个日本商社的高级职员有了来往，但是真正的亲密关系是在美国人之后才发生的。这关系持续得并不长，因他本来就是阿三过渡时期的伴侣。阿三不喜欢日本人，觉得他们比中国人还要缺乏浪漫色彩。阿三与他相处的一段日子，是被她称为"抗日战争"的。她以她流利的英语制服了他来自经济强国的傲慢。此外，在性上面，阿三也克敌制胜，叫他乖乖地低下头来。最厉害的，决定性的一着，是在他已经离不开阿三的时候，阿三断然甩了他，投向一个加拿大人的怀抱。

然而，这种相对稳定的关系，也是别指望长久的。在这样的邂逅里面，谈不上有什么信任的。彼此连真姓名都不报。虽然阿三致力于发展，可也无济于事。对方并没有兴趣深入了解，也不相信了解的东西的真实性。他们大都说的是无聊的闲话，稍一稔熟了，话就说得有些放肆。阿三的英语到了此时便不够抵挡了，弄得不好，还会落入圈套。她无法及时地领会这语言的双关和暗示的意思，还有些俚语，就更是云里雾里。她也意识到，凡热衷于在大堂搭识女孩的外国人，大都是不那么正经的。这倒和中国的情形一样，无聊的人才会到马路上去勾引女孩。而且，这些为了生意和供职在中国长期逗留的外国人，生活又是相当枯燥的，其中有一些，意趣也相当低下。这是有些出乎阿三的意外，她以为这些卑俗的念头是不该装在这样希腊神轮廓的头脑里。所以，开始的时候，她尽往好处去理解他们，直到真正地上当吃亏，才醒悟过来。这种失望的心情，是她对自己也不便承认的。

　　尽管阿三希望关系稳定，可事与愿违，她的相识还是像走马灯似的换着，要想找到美国人那样一周一约的伴侣相当不易。因此，阿三很快就念起美国人的好处。在最后分手的时候，这个中年人显然对她怀着留恋的心情。当然，阿三也明白，留恋归留恋，她要再往前走一步也不可能。美国人防线严密，有着他那种方式的世故。

　　酒店大堂就这样向阿三揭开了神秘的帷幕。在那灯光幽暗的咖啡座里，卿卿我我的异国男女，把话说出声来，都是些无聊的，没什么意思的废话和套话。阿三现在坐在那里，不用正眼，只须余光，便可看出他们在做什么，下一步还将做什么。

　　阿三能够辨别出那些女孩了。要说，她和她们都是在寻求机会，可却正是她们，最严重地伤害了阿三，使她深感受到打击。她从不以为她们与她是一样的人，可是拗不过人们的眼光，到底把她们划为一类。有一回，她坐在某大堂的一角，等她的新朋友。大堂的清洁工，一个三十来岁表情呆板的女人，埋头擦拭着窗台，茶几，沙发腿。擦拭到阿三身边时，忽然抬起头，露出笑容，对她说：两个小姑娘抢一个外国人，吵起来了。阿三朝着她示意的方向，见另一头沙发上，果然有两个女孩，夹着一个中东地区模样的男人，挤坐在两人座上。虽然没有声音，也看不见她们的脸，可那身影确有股剑拔弩张的意思。阿三回过头，清洁工已经离开，向别的地方擦拭去了。阿三想起她方才的表情和口气，又想她为什么要与她说这个，似乎认为她是能够懂得这一些的，心里顿起反感。再看那女人蠢笨的背影，便感到一阵厌恶。

是这些女孩污染了大堂的景象，也污染了大堂里邂逅的关系，并且，将污水泼到了阿三身上。有时候，她的朋友会带着他的同事或老乡来，他们会去搭识那些女孩，然后，各携一个聚拢在一起。阿三为了表示与她们的区别，就以主人的姿态为她们做翻译，请她们点饮料。可是她也能看出，她与这些女孩，所受到的热情与欢迎是一样的。她想与她的朋友表现得更为默契一些，比如从他烟盒里拿烟抽。结果那两个女孩也跟着去拿，他呢，很乐意地看着她们拿。这样的时候，阿三是感到深深的屈辱，她几乎很难保持住镇静。到了最后，她总是陡然地冷淡下来，与女孩们之间，竖起了敌意的隔阂。

不过，现在阿三不用去大堂，她也有着不间断的外国朋友了。在中国的外国人，其实是连成一张网的，一旦深入，就是牵丝攀藤，缕缕不断的了。但大堂里的结识，自有着它的吸引力，它是从一无所知开始的，有着些难以预料的东西，是可以支撑人的期望的。虽然大堂里的经历带给阿三挫败感，与这些外国人频繁建设又频繁破灭的亲密关系，磨蚀着她的信心，她甚至已经忘了期望什么。可是有一桩事情是清楚了，那就是她缺不了这些外国人。她知道他们有这样或那样的缺点，可她还是喜欢他们。他们使得一切改变了模样，他们使阿三也改变了模样。

现在，当阿三很难得地待在自己那房子里，看见自己的画和简陋的家具积满了灰尘和蛛网，厨房里堆积着垃圾，方便面的塑料袋，飘得满地都是，这里有着一种特别合乎她心境的东西，却是使她害怕，她不想待在房子里，于是她不得不从这里逃出去。她一逃就逃到了酒店的大堂：外国人，外国语，灯光，烛光，玻璃器皿，瓶里的玫瑰花，积起一道帷幕，遮住了她自己。似乎是，有些东西，比如外国人，越是看不明白，才越是给予人希望。这是合乎希望的那种朦胧不确定的特征。

为了减少回自己的房子，阿三更多地在外过夜。她跟随外国人走过走廊，地毯吞没了他们的脚步声，然后在门把手上挂着"请勿打扰"，就悄然关上了房门。她在客房的冰箱里拿饮料喝，冲凉，将浴巾揽过身躯系在胸前，盘腿在床上看闭路电视的国际新闻，一边回答着浴室里传来的问话。这一切都已熟悉得好像回了家。透过一层窗纱，看底下的街市，这边不亮那边亮，几处灯火集中的地方，映得那些暗处格外地黑了。阿三晓得她是在那亮处里面，是在那蜂窝似的亮格子里面。

这些标准客房几乎一无二致，每一间都是那么相像。这也给阿三错觉，以为它们是和家一样的稳定的宿处，现在她就栖息在这里。她将她那些真丝的小衣物洗干净，晾在澡缸上扯出的细绳上，将她随意携带的梳洗用具和化妆品一一安置在镜台上，安居乐业的样子。外国人和外国人也是那么相像，仅仅一夜两夜之间，阿三根本无法了解他们的区别。也因此，阿三对他们的爱也是一无二致的，在他们身上，她产生着同样的遐想。

经过这么些，阿三知道自己是对外国人有吸引的那类女孩，她特别能够与他们国度的女孩形成对比。他们对她的赞赏和激情使她想到比尔，甚至有过一个外国人，也称她作"九条命的猫"，这是比尔曾经形容过她的。因此，渐渐地，对比尔的记忆便淹没在这些差不多的经验里了。马丁却是一个例外，始终没有人来重复他，尤其重复他关于"本来"的观念。所以，在所有这些经历中，马丁是鲜明地凸现着。有时候，阿三会想：倘若不是马丁，她现在会不会还继续画画和卖画？

自从马丁之后，阿三也再没使谁爱上过她了。这也是大堂邂逅的弊病，从一开始就注定不可能的。注意她的周围，那些比她更年轻，更摩登，也更开放的女孩们，似乎也都没有过爱情这回事。出于自尊，阿三也不去想爱情了，好像是你不爱我，我还更不爱你呢！爱情有什么？她想，我是再不能爱谁了，连马丁也不能，因为，因为我爱比尔。

由于没法有爱情，适得其反的，阿三对这些外国客人们，起了恨意。她常常生出一些恶作剧的念头，去报复他们一下。和他们吃饭，她点菜都拣最贵的点，点酒也是最贵的。进了客房，不等招呼，自己就去开冰箱吃东西。尤其遇到那些斤斤计较的守财奴。而另有一些特别好色的，她则将他们撩得欲火烧身，然后一个转身就不见了。这种游戏对她来说，已经得心应手，百发百中。现在，英语里的俚语，双关语，她也都掌握了一些，学会了不少俏皮话，专门对付那些下流话。她不免有些得意，有时候就收不住，玩得过火了。

事情就出在这里。

其实，要算起来，阿三已经有一段日子，没到酒店大堂来了。她结识了一个比利时人，是个单身，就住在她原先任家教的那幢侨汇房里。她看出这是个老实人，属保守派的。时过境迁，阿三开始对保守派有好感。她知道，惟有和这一类人，大约还可能谈到爱。虽然同样是对爱不抱希望，虽然同样是大堂里的邂逅方式，可这一个确实不同。这是她在大厅里偶然结识的。所以说是偶然，那是因为，事实上，所有的大堂邂逅都是别有用心，机关算尽的。阿三是在他身后拾到遗忘的钱包，追上去送给他，然后认识的。

事情的毫无准备的开头，使阿三想到女作家赠送给她的话：有意栽花花不发，无心插柳柳成荫。

这天阿三的装束也帮了她的忙。她穿得朴素极了，白衬衣，花布裙，脚上是白帆布搭襻鞋，头发从中分开，编成两条长辫子，就像一个中学生。比利时人与她聊了几句，才发现她的英语这么流利，几乎没有口音。问她做什么的，她回答画画，这也博得了他的好感。阿三很珍视比利时人的好感，为使他保持对她的印象，她甚至回到了浦东的住处，每隔一天乘轮渡去与他约会，就像一个正经恋爱的女孩。她直到两个星期之后，才去到他在侨汇房里的公寓，这也像一个正经恋爱的女孩。比利时人的公寓使她吃惊，她没想到一个单身汉的生活会是这样井然有序。在这里，她并没有受到挽留过夜的暗示，她便在电视开播晚间新闻的时候离开了他的公寓。下一次也还是这样。又是两个星期过去，比利时人终于拥抱了她。然后，应该发生的都发生了。这一切，带有循序渐进的意思，也更使阿三以为，这会是一场正式的恋爱。虽然不够浪漫，然而却似乎意味着一个有现实意义的结果。

在比利时人的公寓里，阿三看见的是居家的景象。厨房洁白的瓷砖墙上排列整齐的平底锅，洗澡间白漆柜里，经过松软剂洗涤的一整柜浴巾，洗衣房里的柳条篮盛着等着熨烫的衣服，冰箱上用水果型磁铁吸着的日常开支表。这时候，阿三非常清晰地看见了自己的期望。她的期望其实很简单，就是一个家，一个像比利时人这样的家。

阿三将比利时人的公寓看作了自己的家，她还自己掏出钱来为它添置一些东西，一个花瓶，一套茶垫。她期望着再过两个星期之后，又会有新的情形发生。可是，新的情形却不是阿三期待的。比利时人国内的女朋友要来旅游，他请阿三再不要来了。阿三这才明白，这就是一个北欧人在中国的罗曼史，两个星期为一个台阶的。她没有表示丝毫的不满，相反，她流露出的全是早就知道的表情。他们很友好地在马路上分了手，阿三叫了一辆出租车，想也没想，就报出了一个酒店的名字。

阿三走进酒店，扑面而来的是蒸蒸日上的气息。钢琴弹奏着一支舒伯特的夜曲。灯火通明里包着一处暗，有着烛光融融，就是咖啡座。柜台里的小姐忙碌着住房或者退房，红帽子推着行李车咕噜噜地穿行。电梯一会儿上，一会儿下。阿三将那比利时人抛在了脑后，只有一个念头，那就是要好好地痛快一下。她心里跃跃然的，大堂里所有的情景都在向她招手，灯光映着她的眼睛，她自己都能看见眼里盈盈的光亮。她想：还是这里好啊！谁也不求谁，人人有份。迎面而来的人脸上都带着微笑，就像一家人一样。这才是大家庭呢！全世界的有产者无产者都联合起来。阿三脸上也露出了微笑，她在大堂有些熙攘的人群里穿行，耳边不时传来各种语言的谈话。这里，夜夜都举行着盛会，想来就可以来。

阿三走进咖啡座。全都满了，张张桌上都摇曳着一支蜡烛。人们头碰头地低语着什么，钢琴改奏了一支小步舞曲，就是那首耳熟的，有着许多副点，一扬一挫，有些造作的快乐和得意的小步舞曲。阿三对着入口处桌上的三个外国人说：我能坐在这里吗？她指了指空着的那个座。没有等他们回答，她便笑盈盈地坐下了，并且摸出她的摩尔烟给大家吸。小姐过来了，她点了一杯"白俄罗斯"，一种甜腻腻，像咖啡糖一样的鸡尾酒。然后，她说：晚上好，先生们。先生们略有些诧异地看着她。她问他们从哪里来，其中一个回答，英格伦岛。她说她的名字叫苏珊，他们呢？他们也都报了名字：查理，艾克，琼斯。彼此就算认识了。他们全是漂亮的小伙子，有着褐色或金色的头发，眼睛的颜色是蓝或者灰，是那种标准的雅里安人种，都是可以上银幕做男主角的。只是他们都不爱说话，为什么？看来他们对我还不信任，阿三对自己说，于是笑得更可亲了。

　　你们是第一次来中国吧？阿三说，中国可是地大物博，而且，文明悠久，这些你们应当从地理书上学过，学过吗？艾克摇摇头。看起来他要比那两个更年轻一些，也嫩一些。她就先从他入手了。她说：武则天，听说过吗？就是和你们的伊丽莎白一样，也是女皇，江青，知道吗？看着艾克困惑的眼睛，阿三扑哧笑了，说：好，那么你说，你知道什么。小伙子眨了眨眼睛，说：黄山。啊，很好！阿三夸奖他。他笑了，像个大孩子似的。阿三很怜爱地看着他，说：你使我想起我的男朋友，他的名字叫比尔。于是她就对他们说起比尔。他们三个都认真听着，并不插话。她说着，暗底下用裸着的膝盖抵了抵艾克的膝盖。艾克先是一缩，然后又停住了。比尔，他非常温柔。阿三最后结束道。

我能不能再来一杯酒。阿三的眼光从他们三个的脸上轮流扫过，请求道。那三个交换了一下眼光，就有一个举手叫小姐来，又点了一杯白俄罗斯。阿三举着酒杯送到艾克眼前，劝他尝一口，真的很好。艾克犹豫着，眼睛在阿三的脸和酒杯之间来回走着，终于喝了一口。很好！阿三说，也在他喝过的地方喝了一口。阿三感到身心都很轻盈，特别有说话的欲望。并且，她听见自己的声音是那么柔和清晰。她看着艾克的眼睛，那里的神情越来越坦率，开始兴奋起来。现在，轮到艾克说话了。他说他在他们国家，看过一部中国电影，名字叫作"黄山"，真叫他心向往之。阿三一边听着，一边在心里好笑着，笑这些外国人都是有些死心眼儿，说熊猫就一个劲儿地说熊猫，说黄山就一个劲儿地说黄山，一点不懂什么叫作闲聊。

艾克喝的是啤酒，啤酒也渐渐地上来劲了。他不顾那两个年长同伴的阻止的目光，渐渐对阿三纠缠起来。可因为他是那么腼腆，他的纠缠便是胆怯的、迟疑的，抱着些惭愧的。他红着脸，眼睛湿润着，老要让阿三喝他杯里的啤酒。阿三就在心里说：看，就连调情都是一根筋的，要说喝啤酒就非要喝啤酒。阿三不说喝，也不说不喝，与他周旋着。眼看着嘴唇含住啤酒杯沿了，可她头一扭，又不喝了。艾克再止不住满脸的笑意。好几次，阿三的头发抚在他脖子里，他的激动就增加一成。

这时候，那两个提出要回房间，不由艾克反对，就叫来小姐买单。阿三喝足了，乐够了，正好也想走。此时，虽然带了几分醉意，但她仍然清醒地感觉到这个小伙子有些愣，而他的同伴却很刻板，这种不一致的情形会惹出麻烦的。她何必呢？她可不是像他们那种脑筋，一棵树上吊死的。果然，艾克不让她走了。她好歹哄他站起身，离开咖啡座，挽着他的胳膊，将他送往电梯。那两个年长的对阿三说道再见，就要从她手里接过艾克。可是艾克却搂住了她，怎么也不松手。小姐为他们扶着电梯门，等他们进去，可他们却拉扯成一团，无从分晓。阿三对艾克百般温柔，劝他松手。那两个显然恼火了，有个性急的，竟把阿三从艾克怀里往外搂。这情景说实在很不像样。一些人从他们身后走进了电梯，电梯门关上，上去了。小姐静立在他们身后，等待他们了断后再开电梯门。而他们相持不下。

他们奇异的姿态引来了人们的目光。那些外国人，尤其是日本人，事不关己，高高挂起地低头走过，装作看不见。喜欢看热闹的中国人则不然了，都往这边引头伸颈地张望。阿三心慌了，觉得大事不好。她带着求饶的目光对拉她的那个说：先上楼再说吧。想不到这话更加激怒了他，他一直对阿三没好感，她莫名其妙地参加进来，搅和了这个夜晚。阿三越向他解释，他越以为阿三是非进艾克的房间不可。他们都是第一次来中国，对这个开放的社会主义国家毫不了解。他们的心情一直很紧张，到了这时，受侵犯的恐惧就忽然成了事实。最终，他竟然叫起了"警察"。

此时，大堂里秩序依旧，钢琴在弹奏《魂断蓝桥》的插曲，《一路平安》。

柏树终于走出视野，车停了。车门打开，那个年轻的女警察先下了车。然后，劳教人员络绎而下。阿三下车时，感觉有人在背后推了一下，险些儿没站住脚，几乎是从踏脚上跳下去的。她回头一看，正是那个先前做下流手势的女劳教，她若无其事地迎着阿三的目光，阿三瞪了她一眼。全体下车后，按照出发前分好的组排成小队，由前来迎候的管教中队长带领去各自的队里。

行李卸下来了，各人提了各人的，走进这坐落于空旷农田中的大院。正午过后的阳光静静地照着，院子里除了她们这些新来的，没有别人。院墙上方是黛色的山影，由于天气晴朗，边缘分明，连萦绕不绝的白色雾气都清晰可见。阿三和另两个女孩属一个中队，包括那向她寻事的。阿三的头上扣了一顶草帽，压得很低，帽檐的暗影完全遮住了她的脸。走在前边的中队长是瘦高的个子，穿着警服，没戴帽子，一束没加修剪的马尾辫垂在背上。她一直没有回头，似乎确信她们是跟在背后，老老实实地走着。走到院子深处的一个巷口，她拐进去了，前边是一扇铁门。她摸出钥匙开门，里面是一个天井，天井的三面是房间。房门口坐着一个女孩，手里编织着一件毛线活，一见中队长便站了起来。中队长让阿三几个在几张空床上安顿下来，先吃午饭。因考虑到她们坐了几个小时的汽车，就照顾休息到两点，再去工场间劳动。说话间，那房门口的女孩已替她们打来了三瓶热水和三盒饭菜。

阿三看看表，已经一点多了。她把被褥铺开，在床沿坐下，没有去动铁盒里的饭。那两个已经与这一个老的熟识起来，问她为什么不去工场间，回答说是"民管"，就是负责管理劳教们生活的。她们开始吃饭，铁勺搅得饭盒当当响。吃着吃着，其中一个便哭起来，说她父母要知道她在吃着这个，不知道多么伤心。老的就劝她，说吃官司都是这样的，再说，她父母在上海，怎么会知道？寻阿三事的那个则冷笑说：你会吃官司吧，不会吃官司不要吃。听起来是蛮横无理的。阿三看着她，心想这是头一个难对付的。她和阿三不是在一个收容所里，到了车上才第一回见面，阿三不知道她为什么对自己有仇。

阿三在床上躺下，伸直身子，双手枕在脑后。她看着门外的太阳地，太阳地上有一个水斗，边上放着一只鞋刷，在太阳下暴晒着。虽说是十月份，可是这里的太阳依然是酷热的。几个苍蝇嗡嗡地盘旋着，空气里散发有一股饭馊气。床头的那三个压低了声音在说着什么，很机密的样子。然后，两点钟就到了。

阿三的新生活开始了。来农场之前，阿三从收容所写给女作家一封明信片，请她帮忙送些日用品和被褥来。女作家来了，借着她的关系和名声，允许在办公室里和阿三单独会面。一上来，她几乎没有认出剪短了头发的阿三，等认出了，便说不出话来了。停了一会儿，阿三不好意思地一笑，说：现在，从你客厅走出来的，不仅是去美国，还有去吃官司的。女作家讥讽道：谢谢你改写历史。又干坐了一会儿，女作家打开她带来的大背囊，将被褥枕头，脸盆毛巾一件件取出，摆了一桌子，最后，将那大背囊也给了她。告诉她，已经将她的房子退了，东西暂时放在她家，还有一些带不走的，她自作主张送了隔壁的邻居，那一堆旧画，她想来想去，后来让评论家一车拉走，但是她让他写了个收据。阿三这时插嘴说：给他干吗？一把火烧掉算了。女作家并不理会，将一个小信封塞在她手里，阿三一看，是五百块钱，就说：以后我会还你。女作家说了声不要你还，声音有点哑，几乎要落下泪来。阿三皱了皱眉头，就站起来要进去。女作家说：我好不容易来了这里，你倒好，才几分钟就要我走路。阿三说：你知道我为什么不要我家里人来吗？就是不想看他们哭，现在，你代他们来哭了。女作家咬着牙说：阿三，你的心真硬啊！说罢站起身就走了。

现在，阿三的新生活是在羊毛衫后领上钉商标。这是一批日本的订货，特别讲究。商标要用两种线钉上。朝外的一面是分股的羊毛线，朝里的一面是丝线，两面都不能起皱。许多人都干不来这活，大批的需要返工，阿三却立刻掌握了。

这批活是生产大队长硬从上海的乡镇企业手里争来的，以缴纳管理费为条件。交货的期限本来就卡得死，再加上交通不便，又需要一个提前量。因为活计难做，老是返工，拖了时间，如今只得加班。大队长几乎一个星期没有睡觉，喉咙哑了，眼睛充血，嘴上起了一圈泡。如今，农场需要自负盈亏，农田上的产值毕竟有限，还是要抓工业和手工业。干部们调动了所有的，也包括劳教人员在内的社会关系，争取来一些活儿，往往都是条件苛刻。由于这些活儿都是从各处求来的，形形种种，每一种都需要现学现做。这些劳动力又是流动的，无法进行技术培训，都是生手，因此便大量消耗了时间和体力。眼下这批羊毛衫的加工单，一上手大队长便明白她是被吃药了。显然是那乡镇厂自己吃不下来，转嫁于他们的，还可以从中赚取管理费。每一道工序都是难关，都需大队长亲自攻克，再传授传教。现在来了一个心灵手巧的阿三，大队长真有些喜出望外。她几乎要供她起来，让那些手脚笨拙的女孩为她送茶送水，绞湿毛巾擦脸，不让她离开缝纫机寸步。

　　阿三在这机械的劳动中获得了快感。活计在手里听话而灵活地翻转着，转眼间便完成一件。在她手下折叠羊毛衫的人，都几乎是被她催逼着，不由也加快了手脚。工场间里所充斥的那股紧张的劳动气氛，倒是使这沉寂的丘陵上的大院活跃了起来，增添了生气。时间就在这样的埋头苦作中过去了，天渐渐黑到了底，开了电灯，饭车早已等在外头，就是停不下来去吃。却也不觉着饿。人，就像一件上了轴的机器，不停地运作了下去。

　　阿三什么都想不起来了，她好像来到这里不是一天两天，而是十年二十年，一切都得心应手，异常顺利。

　　阿三甚至有些喜欢上了这劳动，这劳动使一切都变得简单了。它填满了时间，使之不再是难挨的。有时候，她猛一抬头，发现窗外已经漆黑一片，而窗里却明亮如昼，机器声盈耳，心里竟是有些温馨的感动。只是那张床铺是她几乎不敢躺上去的，一躺上去，便觉浑身再没一丝力气，深深地恐惧着下一日的到来。她甚至是不舍得睡着，好享受这宝贵的身心疏懒的时间，可是不容她多想，瞌睡已经上来，将她带入梦乡。就像是一眨眼的工夫，哨子又响了。天还黑着，半睡半醒地磕碰着梳洗完毕，就走去工场间，那里亮着灯，生产大队长已经干开了。每个人都怀疑着究竟是昨天还是明天，是早晨还是夜晚，就这么懵懵懂懂地又坐到了机器前边。当身体第一阵的软弱和不知所措过之后，一切就又有了生气，又回到了昨日的节奏。不过体力却是新生的，像刚蓄满的水。接着，天就亮了。

　　现在，阿三成了技术指导，有哪一处没法解决的，阿三去了，便解决了。大队长看她的眼光里，几乎流露出讨好的神色。作为生产大队长，她最苦恼的是她不能够挑选她的劳动者，这阿三，真就是天上掉下来的。由于对阿三的偏爱，不自觉地，她便也比较袒护她。比如阿三新蓄起修尖的长指甲，她就装作看不见地过去了。可是这却被同屋的劳教告发到中队长那里，受到扣分的处罚。

阿三知道是谁告发的她。

这是十六铺一带十分有名的人物，绰号叫"阳春面"，意思是她的价格仅只是一碗阳春面。这使她在劳教中处于低下的地位。而像阿三这种她们所谓的，做外国人生意的，则是她们中间的最上层人物。随之排列的是港台来客，再是腰缠万贯的个体户，阳春面的对象，却主要是来自苏北的船工。这使她对阿三怀着特别嫉恨的心情。但恨归恨，却还不至于让她事事向阿三挑衅，理由还有一条。

就像阳春面的来龙去脉在人们中间相交流传一样，阿三的流言也在劳教中间传播。那就是当她为自己辩护时，对承办员所说的：我不收钱的。就这样，阿三也有了一个外号，叫"白做"。阳春面对此一方面是不相信，觉得她是说谎抵赖假正经，另一方面却愿意相信，这样她似乎就可以把阿三看低了。因此，当她向阿三寻衅的时候，也是带着些试探的意思。试什么呢？似乎是，连她自己也不能确定的，试一试，她能不能与阿三做朋友。这种心情既是复杂的，又是天真的，甚至带有几分淳朴。

阿三当然知道自己的绰号，但她不动声色地听凭它悄悄流传。她才不屑于和她们计较。其实，当她对承办员说出那句"我不收钱"的时候，心里立刻就后悔了。她怎么能期望这个刚从专科学校毕业的，唇上刚长出一层绒毛却一脸正气的年轻人，理解这一切，这是连她自己都难以理解的啊！事实上，说什么都是白说，什么都无法改变，该发生的都已经发生了。总算，还都过得去。好虽好不到哪里去，可也决不坏到哪里去。

那远处的黛色的山峦，看多了，便觉出一股寂寞，茶林也是寂寞的，柏树是寂寞之首。

阿三原本是不搭理阳春面的，可她那些粗鲁委琐的小动作，也实在叫她腻烦了。她也没有大的冒犯，因阿三是生产大队长的红人，真惹翻了她不合算，所以她只能小打小闹地骚扰她。比如偷她热水瓶里的开水，搞乱她的床铺好叫她扣分，藏起她的东西让她四处寻找，还就是努力传播流言蜚语。阿三终于决定要有所反击。她也不愿意把事情弄大，毕竟还要继续相处下去，何苦结个仇人，叫这日子再难受一些。但这反击必须要有效果，给她以彻底的教育，从此觉悟过来，决不再犯。阿三窥伺了几天，终于等来了机会。

这天，出齐了一批货，新的订单要下一日才来，破天荒让大家睡个午觉。大家都睡着了，阿三处于睡午觉时常有的半睡半醒之中，忽感到眼皮上有一丝热掠过，睁开眼睛，一道亮光一闪，她便去捕捉光的来源。最终发现是一面小镜子的反光，正来自于阳春面睡的斜对面的上铺。阿三暗暗一笑，悄悄地下了床。屋里一片酣畅的鼻息声，使这阳光灿烂的午后，显得分外的寂静。阿三走过去，蹬着下铺，猛地将她被子揭开一角，原来她正躲在被窝里，对了小圆镜修眉毛。

她涨红了脸，随后讨好地递上钳子和镜子：你要修吗？阿三没有接，只看着她的脸，笑着说：你看怎么办？阳春面垂下了眼睛：你也去报告好了。阿三说：我不报告，队长扣你的分，我有什么高兴？大家都是吃官司，都想日子好挨点，何必作对？你说是不是？说罢，将被子朝她脸上重重一摔，下去了。阳春面就这么被子蒙了脸，一动不动地躺到吹哨子起床。然后，一夜相安无事。第二天也安然过去。第三天，阿三在摇横机，是做一种花色编织衫，能上机的没几个，其余的都打下手，缝衣片，排花线，搬运东西。阳春面主动给阿三倒来一杯开水，一喝是甜的，里面掺了蜂蜜。阿三说声"谢谢"，她竟像个孩子似的红了脸。晚上，阿三在枕头下看见一张字条，歪七扭八写了几个字，称她为阿姐：阿姐，我一定对你忠心。阿三又好笑又厌恶，将纸条团了。

在这里，盛行着结伴关系，几乎都是成双成对，同起同坐。尽管朝夕相处却还互传书信。晚上熄灯之前，各自伏在枕头上写着的，除了家信，就是这种倾诉衷肠的字条了。是为生活上照应，也是为聊解寂寞。阿三对此很觉恶心。由于她的傲慢，又由于她因生产大队长器重的特殊地位，没有谁向她表示过这种愿望。而现在，阳春面找上她了。她几乎有些后悔那日的反击，这样的后果倒是始料未及。比较起来，她似乎更情愿受些小欺负。因此，她比先前还要躲着阳春面，惟恐招来她的殷勤。

可是阳春面却很执着。她有些认死理的，一旦决定了要与阿三好，便决不改变了。倒真合了她纸条上的誓言：我一定对你忠心。阿三的热水瓶已经由她承包，阿三的衣服不是她抢去洗，就是抢着收，抢着叠，整整齐齐地放回到阿三的床上。晚上，她泡方便面，必定也要替阿三泡一袋。出操站队，她则不时地隔了几个人回过头，朝着阿三颇有含意地笑一笑。

起初，阿三采取视而不见，置之不理的态度，可到底经不住这样坚持不懈地对她好，就对阳春面说，只要不来捣蛋就行了，完全不必如此厚待，叫人受之有愧。不料她却正色说道：阿姐，你一定还在为以前的事生我的气，我其实已经向你认错，你为什么还不肯原谅我。阿三说：我并没有不原谅你，你我之间的事就算两清了。她则说：你这么说，就是不原谅我。说罢眼圈就红了，要哭的样子。阿三不胜厌烦，赶紧说：好了，好了，算我没说过这些话。于是，一切如故。阳春面继续待她好，她继续置之不理。

　　这里的生活，只要不去多想，也还是容易习惯的。由于起居的有规律和受约束，阿三反倒气色好起来，长期以来的黑眼圈消失了，身体比以前健壮了。有时候，她被生产大队长召去讨论一个技术问题，得了允许走出中队的铁门，走在宽阔的大院里，竟还有着自由的感觉。她想：这有什么不好？这样也挺好。在这青山环抱中的四堵白墙里面，人几乎谈不上有什么欲望，便也轻松了。阿三又不像那些女孩，会为些鸡毛蒜皮的小事争个不休。她们明里和暗里比较着谁比谁长得好，谁比谁家里阔，谁比谁男朋友多，然后借着些由头抢占上风。阿三好笑她们无聊和愚顽，看不开事理，落了这样的地步还凡心不灭。岂不知其实她是比她们都要来得危险，因为她不像她们那样，一小点一小点地释放了欲望。她把欲望压抑着，积累着，说不定哪天会爆发出来，酿成事端。

　　活计不那么忙的时候，七点来钟就放了工，梳洗完毕，离熄灯还有一刻钟二十分钟，阿三就搬个小凳子坐在门前，望着碧蓝的夜空，心里是安宁的。好，现在可以去想些别的了，可是想些什么呢？她并不知道，于是什么都不想，只看那天空。这是城市里所没有的天空，没有一点遮掩和污染，全盛着一个空了。这才叫天空呢！使人想到无穷的概念。这种仰望的时间也无须多，正好就是熄灯前的一小会儿，让人将心里的杂念沉淀下去，却不至觉着空落落的没意思，就够了。人也乏了，呵欠一个接一个，起身回到屋里，上了床转眼间便睡熟了。

　　时间这么过去，春节就要来临。由于阿三劳动出色，大队批准她在春节期间接受家属探望。批条发到阿三手里，她并没有寄出而是悄悄撕了，谁都没有注意这个。直到春节来临，并没有人探望阿三，也不使人奇怪。因这些女孩们的家属，不少是大为恼怒，发誓永不见面的。发出去的接见批条没有回音，是常有的事。阳春面却来管闲事了。大年初一，大家坐在礼堂里等着场部电影院来放电影，阳春面硬挤在她身边，凑到她耳边说：阿姐，为什么不让家里人来接见？阿三偏偏头，躲开她嘴里的热气。这个女人，总是使她感到污浊，压抑不住嫌恶的心情。你不要多管闲事，好不好？阿三说。你家里人不肯认你了？阳春面依然热切而同情地凑着她的耳根，毫不顾忌阿三的脸色。阿三决定不理睬她，就再不回答，阳春面便不追问了。阿三以为完了，不料停了一会儿，她却无穷感慨地吐出两个字：作孽！

接下来的几天里，阳春面都对阿三无限体贴，几乎称得上是温柔。她替阿三打饭，阿三这边一吃完，那边茶已经泡好了。阿三要睡觉，被子就铺好了。阿三钻进被窝，闭上眼睛，避免去看她那张布满同情的伤感的面孔。感觉到她正将自己脱下的衣服一件件理好，放在椅子上。还轻着手脚，小心翼翼地替她掖了掖被角。这天晚上，因为过节，大家都去中队长办公室看电视，只有她们两个，一个躺，一个坐。阿三敛声屏息地躺在被窝里，没有一点睡意。她又生气又发愁，不知应当如何结束这种滑稽可笑的"单恋"。

春节过去。即便是在这样的单调的满目空旷的环境里，依然可以感受到春意。远处的山影由黛色变为翠绿，好像近了一些似的，几乎可以分辨出那造成浓淡阴影的不同颜色的树木。四周围的茶林开始长叶了，有嫩绿的星星点点。风里面，是夹着草叶子的青生气。阳光，也变得瑰丽了。尤其是傍晚时，彩霞布满天空，有七八种颜色在交替变幻。这一切，合在一起，形成一股热闹的气氛，人心也变得活跃了。

就因着这种活跃，事情也多了。

最初是两个女孩因为错用了茶缸而斗起嘴来。这类事情以前也三天两头的不断，可是这次却不知怎么，其中一个忽然火起，将手里一盆菜汤兜头向另一个泼去，然后就扭打成一团。队长闻声过来，喝都喝不住，只能叫人们将她俩拉开。人拉开了，骂声却不断，互相揭着底，都是以往好成一团时交的心，如今都拿来作攻击的武器。最后是以双方都关禁闭而告结束。这事以为是过去了，其实是个开头。不过两天，又发生了一起，其中一个甚至试图自伤，用摔碎的茶杯的玻璃片在胳膊上割出血来。这一回是连手铐都用上了。这种暴烈的事件，就像传染病似的，迅速地在各个中队蔓延开来，并且越演越烈。都得了人来疯，每人都要发作这么一场。这一阵子可真是乱得不成样子，成天鸡飞狗跳。有时从工场间回到宿舍，才只几分钟，就听那边闹起来了。一场惊天动地过去，之后则是格外的平静，那哭过吵过的，就变成了个乖孩子，抽抽噎噎地上了床，能太平好一阵子。问题是东方不亮西方亮，这里太平了，那里呢，就该登场了。什么时候能有个完呢？

开春的日子，人们处于一种失控的状态，个个都是箭在弦上。同时又人人自危，生怕会遭到侵袭。那些队长们，比她们更紧张，时时不敢松懈，想尽了安抚的办法：放电影，改善伙食，个别谈心，增加接见。可这些就像是火上浇油，反使得人们更加肆意放纵。这是个可怕而危险的时期，天天不知道会发生什么。平时相处熟悉的人，忽然都变得陌生了，不认识了。大家都别扭着，谁也碰不得谁。队长召集那些所谓"自控能力强"的劳教开会，阿三也是其中之一，动员她们一起维持正常秩序，在各自的宿舍里产生稳定的影响。可是，事情还是一桩接一桩地发生，酿成越来越剧烈的后果。终于有一个采取了最惨烈的行为，并且成功了。那就是将一把剪刀吞进了肚子。救护车连夜将她送进总场的医院，汽车的引擎声在暗夜里分外的刺耳，久久萦绕于耳边，将这丘陵地带的夜晚突出得更加寂静，而且空旷。

　　这一夜，人们悸动不安的心，被巨大的恐惧压抑住了。个个都敛声屏息。关于这类事件的传说听得很多，亲眼所见却是头一遭。人们想，那女孩立即就要死了。她的衣服，被子，碗筷，静静地放在原先的地方，已经染上了死亡的气息，看上去阴惨和感伤。人们睡在床上，却都没有合眼。月亮是在后半夜升起的，格外的明亮，院子里一地的白光。阿三起来上厕所，在院子里停了一会儿。她呼吸着带着潮气的清新空气，心里一阵清爽。这时候，她隐隐地体会到，在一场暴戾过去之后，那股宁静的心境。她甚至想，这么安宁的夜晚是以那女孩的生命换来的。

可是，当早晨来临，有消息说那女孩当晚在总场医院动了剖腹手术，生命已经没有危险，再过一周就可拆线出院。大家就又像没事人一样。昨晚的事变得平淡无奇，那恐惧的气氛烟消云散。然后，又有一种说法兴起了。那就是吞剪刀根本死不了人，农场曾经发生过吞缝衣针的，并且，那缝衣针至今还在肚里，那人不还好好的，劳教期满，回了上海，现正在青海路卖服装呢！好了，事情就这么过去了，波动的情绪没有一点改变，继续酿成事端。

现在，闹事已变成家常便饭，人们见多不怪。好像是非要引起大家注意的，事情的激烈程度也不断升级。但所能唤起的反应已经不那么严肃，大家都有些看热闹的，还跟着起哄，嬉笑，越来越成了闹剧。这类事对阿三的刺激，也逐渐为厌烦的心情所替代。这天，她们寝室里又在闹了，人们也不知是劝解还是激将，把两个当事人推推搡搡地轰来赶去。阿三推开门走出去，抱着胳膊站在院子里，等事情过去再回房间。

不一会儿，阳春面也来了，颇有同感地说：真是烦死了。阿三照例不理她。过了一时，她忽凑到阿三耳边，神秘地问：你知道她们都是为什么吵吗？阿三不回答。她接着说：春天到了，油菜花开了，所以就要发病了。

阿三不由惊愕地看她一眼，这一眼几乎使她欢欣鼓舞，便加倍耸人听闻地说道：对于这种病，其实只有一帖药，那就是——说着，她做了一个手势。阿三曾经在来农场的汽车上看见过这个手势。阿三厌恶地掉转头，向寝室走去。阳春面先是一怔，随后便涨红了脸，她冲着阿三背后破口大骂道：你有什么了不起的！给外国人 × 有什么了不起的！她的骂声又尖又高，盖过了整个院子的动静。有一刹那，院子里悄无声息，连那正进行着的吵闹也戛然而止，就好像是，意识到有更好更新的剧目登台，就识趣地退了场似的。

阿三冲进房间，将房门重重一摔，那"砰"的一声，也是响彻全院的。这种含有期待的静默鼓舞了阳春面。她被压抑了很久的委屈涌上心头，她想她一片真心换来的就是这副冷面孔，她怎么咽得下这口气啊！她扑簌簌地掉了一串眼泪，然后指着那扇被阿三摔上的门开骂了。

为了和阿三交朋友，她其实一直违着她的本性在做人。她极力讨阿三喜欢。因为阿三不骂脏话，所以她也不骂脏话；因为阿三对人爱理不理，她也对阿三以外的人爱理不理；甚至因为阿三拒绝家人探望，她也放弃了一次探望的机会。她暗中模仿阿三的举止行动，衣着习惯。虽然每个人只被允许带每季三套衣服，可她们依然能穿出自己的个性。然而，这一切努力全是白搭，阿三根本看不见，她的心高到天上去了。可这又有什么区别呢？不是还和大家一起喝青菜汤。阳春面心里的怨，只有自己知道，不想还好，想起来真是要捶胸顿足。

她压制了几个月没说的污言秽语，此时决了堤。她几乎不用思想，这些话自然就出了口，并且，是多么新奇，多么痛快，她又有了多少发明和创造。人们围在她身边，就像看她的表演。她越发得意，并且追求效果，语不惊人死不休的，引起阵阵哄笑。她的眼泪干在脸上，微笑也浮在脸上，她只遗憾一件事，那就是阿三为什么不出来迎战。因此，她又气恼起来，更加要刺激她。她的谩骂基本围绕着两个主题，一个是给中国人 × 和给外国人 × 的区别，一个是收钱和不收钱的区别。她的论说怪诞透顶，又不无几分道理。有时候，她自觉到是抓住了理，便情不自禁地反复说明，炫技似的。

她骂得真是脏呀！那个年轻的还未结婚的中队长，

完全不能听。她捂着耳朵随她骂去。这些日子她也已经厌倦透顶，疲劳透顶，只要动嘴不动手，她就当听不见。

阳春面被自己的谩骂激动起来，情绪抖擞。她还有无穷无尽的话要说呢！并且都是妙不可言。她的眼睛放光，看着一个无形的遥远的地方。她完全没有发觉，在她面前的人群闪开了一条道，从那里走来了阿三，煞白着脸，走到她跟前，给了她一个巴掌。她的耳朵嗡了一声，就有一时什么也听不见。这时她才恍惚看见了面前的阿三，似乎将手打疼了，在裤子上搓着，搓了一会儿，又抬起来给了一下。这一下就把她的牙齿打出血了。她抹了一下嘴，看见了手上的血，这才明白过来。她说不出是气恼还是欢喜。阿三到底还击了。她不理她，不理她，可到底是理她了。她带着些撒娇的意思，咧开嘴哭了。

阿三却一发不可收拾了。她抡起胳膊，一下一下朝阳春面打去。她感觉到手上沾了阳春面的牙齿血，眼泪，还有口水，心里越发地厌恶，就越发地要打她。她感觉到有人来拉她的胳膊，抱她的腰，可她力大无穷，谁也别想阻止她打阳春面。这时，她也感到一股发泄的快感，她也憋了有多久了呀！她原先的镇定全都是故作姿态，自欺欺人。她体验到在这春天里，油菜花开的季节，人们为什么要大吵大闹的原因。这确是一桩大好事，解决了大问题。她根本看不见阳春面的脸，这张脸已经没了人样，可阿三还没完呢！她的手感觉到阳春面的身体，那叫她恶心，并且要阳春面偿还代价，谁让她叫她作呕的？

　　人们都惊愕了。不曾想到阿三也会发作。就如同队长们所认为的，阿三是属于自控能力强的一类。在这样的地方，她还保持着体面，人们称她是有架子的。可大家也并不排斥她，因她是生产大队长的红人，却并不仗势欺人，如同有些人一样。于是都与她敬而远之着。而她的这一发作，顿时缩短了她们之间的距离。人们一拥而上，强把她拉住。拉又拉不住，反遭到她的不分青红皂白的攻击，只得放开手，哄笑着四下逃散。这哄笑严重地刺激了阿三，她忘记了她已经错过严肃的闹事阶段，正处在一个轻佻的带有逗乐性质的时期，别指望谁能认真地对待她的发作。现在，阿三的攻击失去了目标，她抓住谁就是谁。院子里一片嘈杂，大家嬉笑着奔跑，和她玩着捉迷藏。最后，阿三筋疲力尽，由于激动而抽搐起来，颓然躺倒在院子的水泥地上。正午的日头，铁锤般的，狠狠砸在她的胸口。

　　自此，阿三开始绝食。起初，中队长为防止她自伤，给她上了手铐，后来以为她的绝食是为抗议上铐，便卸下了。可她依然不吃不喝，躺在床上。人们都去工场间了，只剩下民管和她。民管开始还守着她，与她说着开解的话，可统统没有回应，便也觉着了无趣，自己坐到了门口。太阳很温和地照耀着，地上爬着一个奇怪的小虫子。她说：你来看呀，这里有一个怪东西，我保证你从来没见过！没有回答，她只得叹口气，不再说话了。等到晚上收工回来，人们看见她床边放着一动不动的饭盒，便都轻着轻脚，不弄出一些儿声响，好像屋里有着一个重病的人。隔壁寝室的人也都过来，伸头张望一下。还有的陪坐在阿三的床边，对着她叹气。她的床边堆起了各种吃食，凡是小卖部能买到的，这里都有。有刚接受家人探视的，就将家人带来的好吃好喝贡献出来。似乎，这些能够诱使阿三放弃绝食，重新开始吃饭似的。

只有阳春面，一个人远远地躲在角落，不敢走近阿三的床铺。她脸上还留着阿三打的青肿。她本来也想跟着阿三绝食，是表示我不怕你不吃，还是表示声援，是她自己也弄不清的。可到底理由不充分，撑不起那股劲，熬不过肚子饿，也熬不过同伴与队长的嘲骂，只得照常吃饭。队长过来几次，劝阿三进食，见阿三不理，火了。嘴上说：后果你自己负责，心里却打着鼓，预备着再过一天，就送去总场医院输液。

阿三睡着，并不觉得怎么饿，她陷入一种深刻的反省。她想，她怎么能够在这样的生活里，平静地忍耐这么久。她这半年多是怎样过来的啊！所有的一切：钉商标，摇横机，缝衣片，打包，装车，再卸车；出操，上课，用铁盒吃饭，把头发剪短，指甲也剪短；一季只能换三套衣服，劳教们的污言秽语，结伴的情书，争风吃醋；还有阳春面的献媚献殷勤……一切的一切，多么叫她厌恶，烦闷，还不如死了好呢！

想到死，她倒平静下来。她回顾自己近三十年的生活，许多人和事都历历眼前。这些人事在此时此地来临，竟使她激起了小小的兴奋。她想她也算是经历了跌宕起伏，领略了些声色，虽然没有把握在手的，可这正应了一句话：不求天长地久，只求曾经拥有。什么不是曾经拥有？生命都是曾经拥有。因是这样地计算得失，她对自己的人生就感到了满意，深觉着，死并不是可怕的，甚至都不是令她伤感，而是有些欣悦的。

她头脑特别清醒，思绪是轻快的，好像喝得微醺时说话的那样，带着些跳跃的动态。有几次她睡着了，思绪却还照旧，迈着小碎步前进，带出许多画面，也都是活泼有生气的。她放下一切的责任，感到轻松得无所不往。所有人的说话声都成了耳边风，对她没有丝毫意义，全是白费劲。她这样很好，真的非常好。现在，闭着眼睛，她都看得见那高院墙后头的，远远的山影，在春天的明媚阳光下，变成了翠绿，有一些光点，野蜂似的嗡嗡飞舞着。

第四天的早上，阿三被送到了总场医院。

为了防止她拔去输液管，她的手臂被固定在床上，不能动弹。她反正是个不在乎，对她说什么也听不见。然而，随着葡萄糖液输进体内，她的思绪却变得迟缓了，并且笨重起来。与此同时，身体则蠢蠢欲动，一些感觉复活了。她觉出了饿。开饭时间，病房里的饭菜气味唤起着食欲。耳朵积极地捕捉着别人的谈话，并且力求理解，可是困倦袭来，她睡熟了。人们的谈话在她耳畔渐渐消散，远去，再听不见了。

这一觉睡得可是真长。当她醒来的时候，费了很长时间，她才慢慢明白过来，了解了她的处境。

她睁开眼睛，发现房间里暗暗的，不是夜色，而是幽暗的日光。同屋的人都静静地躺在自己的床上。盈耳是一股绵密而柔和的沙沙声，后来，她看见病房的门开了，有一个人进来，靠门放下一把湿淋淋的伞，她才明白外面在下雨。这人朝她走来，是生产大队长。

大队长走到她床前，看了她一会儿，说：好了，你也作够了，面子也挣足了，还不行吗？停了一下，又说：生产任务这样紧，我还来看你，全大队都知道了，你的面子还不够吗？阿三不说话，躲开大队长的眼睛。大队长说：你总要给我一点面子，也要给人民政府一点面子。后一句话说得很有意思，两个人不禁都微笑了一下，又都赶紧收住了，可是气氛到底是松弛下来。

大队长扑通在她床边的椅子上坐下，将两条腿伸直了，双手压在腿下，撑着肩膀，舒展了一下身体，说：我晓得你们个个心里都觉得委屈，到这种穷乡僻壤来吃苦，心里不知怎么在骂我们；可是两年、三年一到，你们不又都要回上海去了，又是灯红酒绿，而我们呢？我们还要在这里待下去，我们委屈不委屈呢？我晓得我不应当与你说这种话，你也不必要理解我们，只要我们理解你就行了；可是，是人，总要将心比心。说到此处，大队长忽然忧伤起来，眼睛看着前方，想开了心事。

阿三朝她看了一眼。看她年轻的脸颊上没有一丝皱纹，目光很清澈，只是肤色不好，青黄色的，是缺觉的颜色。阿三心里暗想，大队长其实不难看，只是这套警服穿坏了她。

大队长忽然出声地笑了，说：有一次，和一个劳教谈话，她告诉我们，在上海的什么宾馆做了什么生意，什么宾馆又做了什么生意，说到后来，她就说，队长，你们不要问我去过什么宾馆，就问我没去过什么宾馆，你说，叫我们怎么问？她回过头看阿三，两个人的眼睛相遇了，停了一会儿，又闪开去。大队长向周围扫了一眼，病人们躺在床上，都闭着眼睛，似乎都入睡了。病房里很静，窗外还响着绵密的雨声。大队长说：你知道是什么支持我们在这里生活？阿三摇摇头。那就是，在这里，我们比别人都好。大队长看阿三的眼光里，既有着示威，又有着恳求，好像是：我把底都交给你了，你还不给面子吗？

　　阿三的绝食在这天晚上结束，前后一共坚持了六天。第一次进食的时候，她略有些不好意思，觉着人们都在嘲笑她。可是没有人注意她。似乎事情的开头与结尾，都在人们意料之中，没有一点特别的地方。这就更叫她难为情了。她好像吃偷来的食物似的，喝完一盆稀饭，然后在床上躺下，希望别人把她忘记。她头一回神志清明地打量这间病房，这是要比普通病房更为整洁和安静，因为没有人来探视，病人也守纪律。一共有八张床并排放着，略微偏一偏头，便可见窗外的树丛。枝叶里掩着一盏路灯，白玉兰花瓣的灯罩，透露出一些城市的气息。晚饭在下午四点半就开过了，剩下来的夜晚就格外的长。这时候，病房里总是稍稍有一些活跃，人们轻声聊着天，声音清晰地传入阿三的耳中。

她们在议论离总场最远的男劳改大队，一个犯人逃跑了。前一日的夜里，场部出动了三辆警车搜捕，至今没有结果。阿三看看窗外逐渐暗下来的天，那路灯亮了，因为电力不足，发出着昏黄的光。她想她怎么没有听见警笛的声音呢？继而又想起从上海来时，路上所见的孤独的柏树，在起伏不平的丘陵上，始终在视线里周游。

又过了一天，大队长用送货的卡车，捎回了阿三。阿三坐在空了的车斗里，颠簸着。高地上的小麦都黄了梢，洼地的水田里，秧苗已插上了。茶叶绿油油的。远近的山丘，也都变得青翠。不知从哪里冒出一些树丛，形成一些绿色的屏障。连那柏树，也都成了对似的，这里两棵，那里两棵。天空又大又蓝，飘着几丝白云，转眼间便被蓝天溶解，渗进了天空。阿三心里涌动起一股生机，她眯缝起眼睛，抵挡着风里的尘土。田野的景色，推远了，推到地平线上，成为狭长的一条。

生活再次照常进行。工场间的活堆成了山，收工的时间越推越迟，连出操上课的时间都挤掉了。寝室里的那神癫痫似的发作还时有发生，不过频率显然稀疏下来，好像是，那股子劲已经过去。随着夏季的逼近，人们的骚动情绪也渐渐被慵懒和倦怠所代替。人们都变得沉默了。至于阿三呢，果然如生产大队长所说，挣足了面子。大家对她都有些新认识，怀着折服的心情。阳春面则不敢接近她了，远远地躲着，这倒使阿三很满意。要说，日子是比先前好过得多，可是，阿三的心情却再不是先前了。

现在，当一切不习惯都克服了，为了适应严酷现实的全身心紧张，终于松弛，就好像卸下了武装，她这才认识到这生活的不可忍受。她就好像睁开了眼睛，看清了现实。原先，在这里活动着的，只是阿三的皮囊，现在，阿三的魂回来了。阿三想：时间只过去了大半年，剩下的一年多该怎么过啊！阿三真是愁苦了，她夜里睡不着觉，各种念头涌上脑海，咬噬着她的耐心。她明知道不能想这些，可偏偏就要想这些。她的脸瘦削了，下巴尖成了锥子。她每顿只吃猫食样的一口，经常地头晕。而她却像自虐似的拚命做活，一双手好像不是手，是工具，应付着各种劳动。只要仔细地去看她的眼睛，就知道她在受着怎样的煎熬。她的眼光变得锐利，闪着炽烈的光芒。她比以前更少说话，一天到头，听不见她一点声音。她无形中散播着压抑感，她在哪里，哪里的空气就变得莫名其妙的沉闷。

可是，在这种机械的生活中，人都变得麻木，而且头脑简单，没有人看到阿三的变化。只有一个人看见了，那就是老鼠躲着猫似的躲着阿三的阳春面。那一大场事故发生之后，阳春面却感到与阿三更贴近了。这种交手似乎消除了她与阿三之间的隔阂，虽然表面上她再不能走近她了。现在，阿三的所思所想，阳春面都一清二楚。只有她知道，阿三撑不住了。她真心地为阿三发愁。她知道，照这样下去，阿三得垮。这日子不是阿三这样过法的。

阿三不知道，在她痛苦的时候，有一个人比她更痛苦。并且，在她一筹莫展的时候，却有一个计划在那个人心中慢慢地形成了。

这一天，已经收工了，阿三却因为有一些活计需返工，留在了工场间，阳春面自己要求替她打下手。大队长同意了，阿三懒得反对，装作没听见。等人都走空以后，她忽然走近阿三，说道：阿姐，你跑吧！由于出了这么个好主意她兴奋得几乎战栗起来。阿三惊愕地抬起头，看着她凑得很近的脸。这张脸在日光灯下显得极其苍白，鼻凹里有粗大可见的毛孔，额角上还有一个乌青块，是她打的。

阿姐，你跑吧！阳春面又说，她压低了的声音在空阔的安静下来的工场间里，激起了回声。

我晓得你是和我们不一样的人，你在这种地方待不下去，你跑吧！跑到南方去，那里都是外来人，不需要报户口，特别好混！

阿三镇静下来，她在心里掂量着阳春面的话，揣摩着这话的真伪虚实。

听那些二进宫、三进宫的人说，每年都有人跑，有一些再也没有回来过；出了大门，往后面山上去，先找个地方躲着，等天黑了，再翻下山去，那里有农民的房子，你给他们钱，在那里住一夜，第二天早上走到公路搭上卡车，就可以到火车站；真的，我都帮你打听清楚了，那些农民很贪钱的，多给些钱，他们都会送你去车站，不过，你不能说你是从这里去的，你不说，他们其实也知道，只是这样就没有责任了；你要跑，我会帮你应付，瞒过一夜就好办了。

阿三的眼睛慢慢地从阳春面脸上移开，埋下头重新做起活计，缝纫机声又嗒嗒地响起了。阳春面遮掩不住一脸失望，她喃喃道：你不相信算了，可是我说的都是真的。她离开阿三，远远地缩在角落里，并不帮阿三打下手，而是双手抱着膝盖蜷在纸板箱上，眼睛望着窗外出神。她的脸色变得忧郁而且严肃，流露出受到巨大伤害的表情。

深夜，万籁俱寂，阿三轻轻地翻转身子，手伸到枕套里，撕开枕头上的一块补丁，在木棉芯子里摸索到一卷纸币，是女作家给她的五百块钱。她虽然没有想到过它们的用途，可却多了个心眼，没有交到大账上登记，而是藏匿了下来。现在，她将这卷钞票握在手心里，明白她要做什么了。她情不自禁地在黑暗中笑了一下。

　　阿三做好了逃跑的准备。她开始强迫自己多吃，试图使自己健壮。她将一瓶驱蚊油从早到晚带在身边，以备在山上躲着的时候，不致叫蚊子咬得太惨。她早已经走熟了从中队出大院的路线，那都是与生产大队长谈工作时来去的。她也了解到，星期日这一天，队长们都回总场，只留一个人值班。她甚至巧妙地藏匿下一张外出单，是有一次大队长找她去，走到大门口，门房正忙于接待总场来人，忘了收她单了。她兴奋而冷静地做着这些，脑子里无时不活动着这一个逃跑的计划，一千遍一万遍地在想象里进行演习。想到紧张的时候，她的脸上便浮起红晕，手指也微微颤抖起来。没有人发现这些，连阳春面都不再关注她，她变得消沉而安静了，现在很难听见她的聒噪，只看见她埋头苦作的身影。

　　阿三等待着时机。她知道，时机是最重要的。什

么是时机，不是依赖判断，而是来自于灵感，她静等
着时机的来临。这应当是一种神之所至，她几乎凝神
屏息地感受着它的来临。时间一天一天过去，天气渐
渐变得炎热，白昼也变得漫长。夜晚，斗大的星在头
顶，照得一片雪亮。月光也变得灼热。人人都被困乏
缠绕着，成天呵欠连天。而阿三的头脑一日比一日清
醒，眼睛亮着，心却是按捺着，伺机而动的形势。

　　这一天，早晨起来天就阴着，午后飘起了毛毛雨。
是星期天，上午，大队长还在工场间里和大家一同加
班，下午，交代说提前收工，便走了。由值班中队长
一个人带着。下午三点钟，是难挨的时候，人们打着
瞌睡，头一点一点的，手上的活都掉到了地上，机器
声也显得零零落落。满天的阴霾更叫人心绪沉闷。好
容易又挨了一小时，中队长说收工了，于是大家纷纷
起身，收拾起手里的活计，争先恐后地往外走，为了
抢水池子洗衣服洗头发。阿三却说：中队长，我再做
会儿，把这一打做完再走。中队长说好，交代她走时
别忘了关灯锁门。这时候，阳春面突然抬起头，眼睛
很亮地向她看了一眼，脸上屏出一个压不住的笑容。
她们的眼睛相遇了，有那么一刹那，彼此都没有躲闪，
生发出心领神会的了解的表情。阳春面便带着这笑容
从她身边走过，她的手在阿三的缝纫机上有意识地扶

了一扶，好像在等待一个回答。如不是十分十分地厌恶阳春面的身体，阿三几乎就要去触碰她的手了。可是，没有。阳春面从她身边走过，没有回头，可她的焕发的笑脸却长久地在阿三眼前，挥之不去。

一切都是按照阳春面所说进行，并且一切顺利。这天，天又黑得早，不过六点，天色已暗了下来。灰色的苍穹笼罩着雨蒙蒙的山丘，天地间便好像有了一层遮蔽。雨下得紧了，却不猛烈，只是严实而潮湿地裹紧了阿三的全身。那雨声充盈在整个空间，也是一层遮蔽。阿三几乎看不见雨丝，由于它的极其绵密，她只看见树叶和草尖有晶莹的水珠滴下来。

好了，阿三开始下山了。感谢丘陵，山路并不是陡峭的，甚至觉不出它的坡度，只有走出一段以后，再回过头去，才发现原来是在下山，或者上山。阿三在夏天长结实的草丛里胡乱踩着，忽然发现她所下意识踩着的这条路，其实是原先就有着的，不过很不明显。她想，难道是前一个逃跑的人留下的吗？那么，沿着它走就对了。可是当她刻意要追踪道路的时候，道路却不见了。

阿三抬起头，她的眼睫毛都在滴水，流进了她的眼睛。模糊中，她看见一片广袤的丘陵地带，矗立着柏树的隐约的身影。那身影忽然幻化出一个人形，是比尔？还是马丁？是比尔。想起比尔，阿三心里忽有些跃动，她怀着一股悲悯般的欢喜，想着：比尔，你知道我现在在哪里吗？她用比尔鼓舞着自己的信心，使自己相信，这一切都是不平凡的，决不会落入平凡的结局。

丘陵上没有一个人，只有阿三和那棵柏树。她茫然地走着，雨雾和夜色遮断了路途。她也不去考虑路途，只是机械而勤奋地迈着脚步。她打着寒噤，牙齿格格响，好像在发出笑声。她忘记了时间，以为起码是第二日的凌晨。当她眼前出现农舍的灯光，她竟有些意外，她以为那是永远不会出现的了。她停了停脚步，同时也定定神，发现那灯光其实离她很近，只一百米的光景。到了此时此刻，她才感到一阵恐惧，她惊慌地想：要是那农民去报告农场，该怎么办呢？她的腿忍不住有些发软，这一百米的距离走得很艰难。她心里想好，要是那农民流露有可疑的行迹，她立即拔腿。这么想定，心里才镇静下来。

走近灯光，她嗅到了饭菜的香气，还有烧柴灶的草木炭气。她恍悟到，这其实还是晚饭的时候。这人家的饭再迟，也不会过八点吧。她打量着这一座房子，是一座平房。正面一排三间砖瓦房，两侧各两间茅顶土坯屋，一边是灶屋，已经关灯熄火，一边是放杂物的，连着猪圈，没有院墙。正房的门紧闭着，就像没有人住，两边的窗洞里却透出些暗淡的灯光。阿三走近门前的时候，踩着一摊鸡屎，险些儿滑跤，她轻轻叫了一声，稳住了身子，然后就去敲门。门里传来女人的声音，问是哪一个。阿三说大嫂，开开门。女人还是问哪一个。阿三说，大嫂，开开门，是过路的。女人执拗得厉害，非问她哪一个不可。阿三再敲门，门里就嚷起来：再敲，再敲就喊人了，农场里住着警察呢！阿三这才想到，像这样靠近着劳改农场，单门独院的人家，是怀着多么强烈的恐惧。

阿三停了敲门，可她觉着疲乏到了透顶，再也迈不开步子了。她沿着灶屋慢慢走着，防止着脚下打滑，走到了屋后。那正房的背后，有一扇后窗，支着长长的雨檐，阿三便在雨檐下坐下，歇歇脚再作打算。

她蜷起身子，抱着双膝，埋下了头。这一切是怎么发生的，她忽然恍如梦中。她困倦得要死，睡意袭来，好几次她歪倒了身子，不由得惊醒过来，再又继续瞌睡。天地都浸润在细密的雨声和湿润里，是另一个世界。她渐渐学会了这么坐着睡觉，身体不再歪倒。她忘记了寒冷和下雨，瞌睡的甜暖罩住了她。她好像是睡在床上，阳春面的脸庞渐渐伏向她，她看见她额角上的青块，不由得一动，醒了。

这一回，她完全清醒了，听见有小虫子在叫，嚁嚁的，十分清脆。她有些诧异，觉得眼前的情景很异样。再一定睛，才发现雨已经停了，月亮从云层后面移出，将一切照得又白又亮。在她面前，是一个麦秸垛，叫雨淋透了，这时散发着淡黄色的光亮。她手撑着地，将身体坐舒服，不料手掌触到一个光滑圆润的东西。低头一看，是一个鸡蛋，一半埋在泥里。

她轻轻地刨开泥土，将鸡蛋挖出来，想这是天赐美餐，生吃了，又解饥又解渴。她珍爱地转着看这鸡蛋，见鸡蛋是小而透明的一个，肉色的薄壳看上去那么脆弱而娇嫩。壳上染着一抹血迹。

这是一个处女蛋，阿三想。忽然间，她手心里感觉到一阵温暖，是那个小母鸡的柔软的纯洁的羞涩的体温。天哪！它为什么要把这处女蛋藏起来，藏起来是为了不给谁看的？阿三的心被刺痛了，一些联想涌上心头。她将鸡蛋握在掌心，埋头哭了。

一九九五年九月十一日初稿
一九九五年十月十七日二稿

白茅岭纪事

去白茅岭是在六月一个突兀的暑天里，气温高达三十六度，小车没有空调装置，烈日晒透了车顶棚，中午时分，却又抛锚。公路在阳光下亮得炫目，想去找一点水洗脸，有一个男人指示我去一口井边，绕了一圈没看到井却又绕回到那男人跟前。后来有一个卖冰棍的人来，就买了冰棍。到白茅岭劳改农场场部时，已近三点。晚上，场部为我们接风，还安排看一场电影《大侦探》，因这一天又热又倦，便谢绝了电话。原以为山区是避暑的地方，有许多参天的大树，且又泉水淙淙，可是展目望去，只是低矮起伏的茶林和稻田，几棵柏树孤零零地站着，被骄阳最后的光热，烤灼得焦枯了。以后才知，这是丘陵地带，夏季甚至比平原更要炎热，冬天则更寒冷。

到白茅岭来采访，原因是有两个：第一，这里一定集中了最有故事的女人；第二，这里的女人没法拒绝我们提出的任何问题。就是说，我们保证可以在此得到故事。这将是些什么样的故事呢？它和我们通常的经验有什么不同？这些故事又会使我们对世界和人的看法产生什么样的变化？这就是使我们兴奋而充满期待的。

　　在这之前的一个夏季里，我每逢周五这一日，就去上海市妇联信访接待站旁听。上门寻求帮助的妇女，所遇问题大约可分为两类，一类是生活上的困难，比如产后继续请假的障碍，双胞胎的独生子女费和托育费的处理，因未婚先孕而单位给予惩罚的不公和粗暴，病假工资的有无多少等等情况；另一类是婚姻恋爱纠纷，故事往往是在这一类里。上门的妇女以女工居多，还有一些无业或待业的青年。因为知识妇女解决问题的渠道和方式比较多，一般也不愿旁人插手个人的事情，私有观念比较重吧！

　　坐在妇联明亮的大厅里，落地窗外是阳光普照的花园，麻雀在法国梧桐的阴地里唧喳，听一个发生于火车站个体户小餐馆里的故事，心里有一种奇异的感觉。我想：就在这一刻里，在这个城市的许多光明或黑暗的角落里，究竟在发生着什么呢？自己的经验显得很不够用了。

　　有时候还会遇到一些悬案。有一日，一个母亲陪了她遍体鳞伤的女儿来，诉说一段冤情：这女儿已嫁到男家，有一孩子，丈夫在外地帮助某小厂生产，周末才回。楼下住着公公，婆婆和一小保姆则住隔壁一幢房内。一日清晨六点，公公看见楼上有一陌生男人走下，便叫捉贼，并上前扭住，不料那人忽亮出一柄水果刀，公公一惊，松了手去，那人夺门而去，刀却落在地上，据认，这是媳妇房内的水果刀。于是公公兴师动众，叫回儿子，逼着媳妇说出隐情，媳妇大叫冤枉，被责打了一个通宵。里委和各方单位都来进行调查，结果是：媳妇死不承认留宿过一个男人；公公咬定有一个男人清晨从楼上走下；而没有任何一人见过他所描绘的男人在清早时走过弄堂，唯一的证据是这把水果刀。媳妇说这刀并不在她房里，就吵嚷着要去查验刀上的指纹，一时也不知上哪里去查验，于是就来到了妇联。

　　这极像是一部推理片的开头，可能性极多。我和信访站的同志聚在一起，从各个角度追究这个事件，却也毫无结果。后来，那母女俩再也没有来过，便也无从了解事情的发展和结局。

　　这里的故事往往是一个开头或者片段，充满了暗示和预兆，使我们开动了想象力，但因经验和认识的局限，终于也无法推测成完整的故事。有些话又不能问得太多，这会使人感到受了侵犯，尤其是我旁听的身份，常常遭到人们戒备和讨厌的目光。而白茅岭就是不同的地方了，人们的故事已告一段落，我又有权利向她们提问，这不符合人权精神，可这就是我来此地的动机了。

炎热使我意气消沉，由于电力不足，风扇旋动得非常缓慢，有气无力的，灯光也昏暗。隔窗可见一条柏油路，隐在路灯下，路边是一些花圃，有乘凉的人们走着或坐着。女劳教大队在距此三十里的枫树林，已经有许多记者、作家、编剧、导演去过那里，写回许多报告，还拍摄了一个多集电视剧，名叫《女警官》，近日就要上演，据说干警和劳教人员都参加了表演。我不知道这一趟来会不会有新鲜的发现。

早晨，在招待所食堂吃了饭，就去路口等着上车。原先，一个星期才有一次接送，使干警们很不方便。往往她们的丈夫是在另一个劳改或劳教大队工作，一周也仅能来回一次，孩子就无人照管了。在白茅岭农场，主要的职业只有一个：干警。现在，女劳教大队每天早晚接送，有一辆专门的大客车，开车的是一个卷头发的小伙子。七点半时准时开车，沿途会停几次，有去枫树林小学读书的孩子搭车，他们下车时便齐声喊道："谢谢爷叔！"我注意到他们说的是上海话，将"叔叔"说成"爷叔"，虽然，上海对他们是个遥远而陌生的城市。在一九五三年从上海来到此地，披荆斩棘开创农场的垦荒者，当是他们的祖父甚至曾祖吧。

汽车走的是一条土路，起伏蜿蜒，当拖拉机迎面而过时，便扬起漫天的尘土，蒙住了视线，路边是茶林和稻田，柏树总是孤零零的，在视野中停留很长时间才消失。车中大都是二十多岁三十岁的女孩，她们往往是在幼年的时候，跟了母亲到这里来。其时，父亲们已在此铺了土路，建起茅草的房屋，上海只留给她们模模糊糊的记忆。

到了女劳教大队，女孩子们下车各赴各的岗位，一位姓王的大队内勤管理向我们介绍了概况。我们知道女劳教大队是在一九五八年开始办的，"文化大革命"中停办，一九七二年时再成立，是中队的规模，一九八四年又重为大队。其间劳教人员最多时达七百，目前是三百多。在编干部九十二人，其中百分之七十八是从职工中提干上来，百分之十七从安徽屯溪招工（白茅岭占地安徽屯溪），百分之五由上海警校分配过来。大队的编制为四个中队，有正副大队长三人，党支部书记一人，正副中队长共八人。一二中队是普通中队。三中队称为"二进宫"中队，即每人在此之前都有一次以上的处罚记录。一百零六人中，八十一人曾经劳教；十一人妇教（即妇女教养所），判过刑十人；少教过四人。四中队名叫"出所中队"，是临近解教三个月前转入的，对她们的管理比较宽松，使之回到社会中时较易适应。在目前三百三十四个劳教人员中，"流氓"百分之八十七点六，"偷窃"百分之九点七，"诈骗"百分之一，"其他"百分之一点四。

劳教的生活主要是生产劳动，然后读书、学习、队列操练，等等。如今白茅岭努力要实现经济自给，各大队都有经营的任务，女劳教大队主要是服装、羊毛衫和玩具的加工。由于劳教人员流动性大，很难有熟手，所以定额指标无法提高。并且白茅岭地处边远，交通不利，又很难向厂方争取加工活儿，工厂往往把难做、利薄的活儿给她们，条件又极苛刻。于是在我们去到白茅岭的时候，女劳教大队正被一股紧张的生产热潮席卷，管生产的副大队长急得跳脚，只听其声不见其人，到处是她的指令，不可违背，刻不容缓。在此同时，文化统考逼在眼前，队部又正组织一场歌咏比赛，都在向大队长讨时间。

下午，我们翻阅了全部的档案卡片，预备一张采访的名单。卡片做得极其简单，有一帧小照，看上去面目都很可憎，激发不起想象。我们感到无从下手选择采访的对象，竟想以抽签的方式决定，最后，我们还是兼顾考虑，各种案情都挑选一些，各种家庭状况也都挑选一些，年龄则"老中青"都有选择，"老"是指四十岁以上，"中"是三十岁以上，"青"则是二十岁上下的。后来，管教干部向我们推荐了一些。她们所推荐的人选确实都很有意义，比较有"故事"，可是我们也发现，这些人是经常由干部们推选去和采访者谈话，她们的表述过于完熟和流利，使我们也怀疑：其间真实的东西是不是很多，这是后话了。

傍晚回场部的途中，汽车将放学的孩子捎回了家，早晨干干净净的一身，这时已泥猴一般，手里还用塑料袋提了一兜水，水中有针似的小鱼在游。天气还是炎热，夜间一声闷雷，下了几个豆大的雨点。

这一天开始了采访，许多人向我们推荐二中队的一名女劳教，这是使人感到非常头痛的一个角色，她们描绘她道：她的气质显然同一般劳教不同，很文雅，长得也很清秀，肤色白净，高鼻大眼，说话毫不粗鲁，教养很好似的，从不与人争吵，也不与干部顶嘴，然而却也不听从指挥，自行其是。比如，队长喊集合，别人都跑出门去站队，只有她躺在床上，等队长跑到床前喊道：起来！她才慢慢坐起来说：起来吗？喊她做活，她很温和地说：我不会做啊！于是就教她，比如钉扣子，她把扣子钉到完全不可能有扣子的地方，别人还要花工夫拆。

她就是这样和队长纠缠，队长受不了她，只得由了她去，她便不去劳动，每天坐在床沿，很惬意的。她声称她会英语，时常以英语回答队长的问题，弄得人不知所措，这天，队干部们正在讨论针对她专门成立一个严管组，一天二十四小时监督，住单人房间，直到她听话了才归队。同时，她们又很怀疑她精神是否有毛病，想找个医院为她做精神病鉴定。眼下医院一般不愿接受这种检查，因精神病鉴定本来就极复杂，再要委任它承担法律的责任，就更不敢轻易下判断了。

她们建议我们与她谈谈，从她们信任的目光中，我感觉到了期望，她们说：你们作家和她谈谈，会不会有结果呢？她们与她都是差不多的年龄，虽是管教和被管教，却并没有超凡的经验和手段，相比较而言，她的生活比她们的广阔丰富，是要比她们更为老到和成熟，这一场斗智般的管教和被管教，已使这些女孩子们失去了耐心和自信，甚至生出了一种挫败感。我很想试一试，我想到有一些读者曾把我们当作医生，将他们的困惑和忧虑告诉我们，希望从我们这里得到治疗。也许，我想，我能够洞穿并制服她呢？

然后，她来了。如她们所说，她文静而清秀，中等身材，偏瘦，头发齐颈项，一条淡黄色的短裙，外罩一件豆沙色的夹克衫，脚下穿了白袜，一双搭襻黑布鞋。她的眼睛很大，神情很安详，还有一些茫然。队长告诉她，我们是上海来的记者，要与她谈话，她要有问必答，老老实实的。她说：好呀，好呀。声音有些飘浮，好像是唱歌用的假声，然后，我们就带了她离开二中队去大队部接待室。

　　二中队的院门锁着，有一个身材高大，脸色黝黑的劳教过来为我们开门，并向我们微笑，她的眼睛很黑。我们走向大队部的路上，有些发窘似的，开始没说话，互相看着，她轻盈地走在我身边，态度很闲适。过了一会儿，我问她：你是什么时候进来的？她歌唱似的说：不知道啊！我又问：你什么时候出去呢？她说：不知道啊！我碰了钉子，心里有些恼火，又执着地问：你为什么进来的？她微笑了一下：不知道啊！我按捺不住了，就带了一点攻击地说：你总不会无缘无故地就进来吧！她还是微笑着，说：我正想请你们帮我去问一问，我到底是为什么进来的！我还想请教你们，究竟什么是劳教？

　　她变得滔滔不绝起来：我要读法律的书，你们能帮我找一本法律的书吗？什么是劳改，什么是劳教，难道可以随随便便地就用手铐铐人吗？我们这里吃的饭好比是给鸡吃的，全是沙子，你看我身上长出这么多东西，全是吃这里饭吃出来的。她卷起袖子给我看，我说那是蚊子咬的，她不屑地一笑。

这时，我们已通过门卫，到了大队部，她坐在我们对面，坐相还端正，她的眼睛在我们脸上扫视。应当问什么呢？心里不由得有点惶惑，停了停，就问她家里有几口人，她总算回答了这个问题，说有父亲母亲和一个哥哥。又问她在外面时是否也上班下班，她说上班有什么意思？那么不上班又做什么呢？她说，不上班当然很开心，咖啡馆坐坐，逛逛马路，这时，她忽然抖起腿，说话的口气也变得粗重而生硬。她不再有笑容，目光里有一种紧张，问我们在上海的什么单位，能否请我们做她的老师，帮助她写一本关于法律的书。我的同伴宗福先就说：做你的老师很累啊！她就笑，声音银铃似的。

我们不知道还能问什么，又坐了一会儿，只得将她送回二中队去了。跑出来开门的还是那个黑脸蛋的女孩，她的眼睛里有一股热辣辣的表情，我很注意地看她，她也看我。中队长们问我们谈得怎么样，我们说她也许精神是有问题。中队长们说，可是有时她头脑特别清楚啊，能活活地将人气死，她的母亲和哥哥来探望，和她说什么，她都不好好回答，只一味神秘地笑，哥哥就要揍她，母亲则哭个不停。她进来的原因是偷窃和流氓，原单位是上棉十三厂，一九六三年生，判一年半劳教，因表现不好延长三个月。

出师就很不利，情绪有些低落，要是个个都这样难弄，咱们趁早打道回府算了。中队长问我们还想找哪一个谈，我们草草地看着名单，胡乱点了一个，此人生于一九五五年，在某农场所属工厂的总机工作，与多人发生两性关系，判为卖淫。

我们是从绣花工厂将她带出来的，她较为高大，剪了短发，脸庞宽宽的，浓眉宽鼻，看上去健康质朴。走在路上，我们问她怎么样？她说活儿实在太重，脚都肿了，说着就弯腰掀她的脚踝处给我们看。我们说：是有点肿，她才又直起腰，做出通达的样子说：吃官司嘛！

我们走进大队部，坐定下来，我们刚问道：你是怎么进来的，她便涕泗滂沱，被眼泪噎得大口大口喘气，一边说道：没想到会吃官司，怎么会弄得吃了官司！她哭得话也说不出来，只得等她哭好了才说，可她的眼泪就像流不尽似的，而且越来越汹涌，这样等下去是没有希望的，我们几乎又要想把她送回去了。

她艰难地吞咽着眼泪，断断续续地说了起来，大概情况是这样：她已结婚，有个十岁的女儿，后来她与一男人发生关系，此人承包了一个豆制品厂，比较富裕，对她很好，问她如何地对她好，她哭道：帮我打开水什么的，反正很好。他为她家买了许多东西，因此，她丈夫对这事也就眼开眼闭，甚至有几回在家里撞上，他也高抬贵手。我们不禁要说：这怎么可能呢？她便气愤地抬高了声音说道：他身上穿的短裤都是我那男的给买的，他能说什么呢？我们便哑然。她再又接着哭道，她丈夫心很黑，要那男的买这买那的，后来就闹翻了，将这事抖落了出来，那男的妻子也来一起闹，最后将她送进了派出所。在承办员例行公事地查问下，她却还说出了其他许多事情，一一道出她曾有几次和多少个男的发生关系。

这回我们真的奇怪了，她说她们那里的风气就是这样，男的随时会打上门来，向女的提出这种要求，她在总机工作，认识的男的又很多。都是认识的，怎么好意思拒绝人家呢？她反问我们。然后又一阵突兀的悲伤攫住了她，她啼哭道：承办员看我太老实了，好几次对我说：你再想一想，事情到底是怎么样的，现在改口还来得及，到了明天就来不及了！可是我不懂他的话。到了晚上，他又说：现在还来得及，明天就来不及啦，我一点也不懂啊！我们便默然。哭了一阵，她稍稍安静下来，我们就问她丈夫有没有向她提出离婚，她点头，并说要与丈夫争夺女儿。提到女儿又是一阵号啕，哽咽着说她给女儿小学的校长写了一封信，却没有回音，问我们可不可以回上海后去看看她的女儿。哭了一阵，她舒出一口长气，似有些欣慰地说：离了婚，电冰箱什么的倒都是归她的。我们说她丈夫肯放弃吗？她就说，那些东西都是那男的买给她的呀！

这时候，她彻底平静了下来，说她还有一年就可出去了，接着又抱怨活儿太重，脚都肿了，里面的劳教又都厉害，成天乱哄哄的。这时天已近中午，我们说我们谈话耽误了你做活，会不会给你减些定额呢？她嘴里说没关系，眼睛却期待地看着我们。她使我们扫兴并且莫名其妙。卖淫和淫乱这一桩事被她说得那么简单和自然，我们的问题倒显得无常识似的。后来，我们渐渐发现，这是另一个世界里的故事和法则，这个世界是我们永远难以了解的。然后我们就将她送回去了。

下午一点，召开全体劳教的每月一次评点会，劳教们在中队长的带领下，排了队端了小板凳去大礼堂开会。评点会有这么一些内容：宣布一批受表扬的名单。表扬分两种，口头和书面的，三次口头表扬等于一次书面表扬，三次书面表扬可得嘉奖，比如减少服教期，回沪探亲。

表扬之后是批评，有一个外号叫"黑鱼精"的劳教上台做检查。此人名气很大，才来两天我们就时时听说她的劣迹了。她曾以流氓罪服过刑，服刑期间，与同监房的女犯搞同性恋。出狱就多了一手。这回进来，只能将她安排在单人房间，晚上必须上锁。

她周期性地会出现疯狂的状态，伤人或者自伤，喊叫她的"B角"。在这里，凡在同性恋中处女性地位的是B角，男性角色则为A角。有时候，必须将她的B角的内衣给她，才可使她安静。而在她正常的时候，却是诡计多端，老奸巨猾。不久前，开大会时，她坐相不好，队长便用脚踢了踢她，说：坐好！她立即给了队长一个嘴巴，大叫：队长踢我！队长也无话可说，还须向她道歉，用脚踢她自然是有错的。当然她也须做检查，可是她检查的姿态和声音里都充斥了胜利的得意。虽是小事一件，也可见得她是如何地时时伺机与队长作对。

她已四十岁出头，极短的头发，穿了男式的衬衫，声音低哑，举动间有一股恶霸气，脸色极黑暗。她带给人生理上的反感。人们问道：愿不愿和她谈谈，我坚决地说：不！我觉得她像一个险恶的深渊，临渊可看到最丑陋和无望的情景，我没有勇气走近去，宁可损失一些或许会是精彩的故事，因我还愿意保持一些纯洁和美好的观念，使自己快乐下去。

我们最终也没有与她谈话，可是我们几乎时时处处感觉到她的存在，在我们每一次采访的身后，似乎都矗立有她的阴影。她似乎是要我们相信，人性是可以黑暗到什么程度。后来，当我坐在书桌前，编造米尼的故事的时候，她就以她的黑暗压迫我，使我和米尼都很难快乐下去。

然后，大队长就宣布严管组成立，第一批严管对象有两名，其中之一就是我们上午领教过的那位文静的女孩。会后，听中队长们说，当她听见她将进入严管组时，陡地红了脸，神色紧张。她们说：看来，她精神很正常啊！当我们回到二中队时，她已整理好了东西，等待有人带她去严管组。这时，她已镇静下来，和声细气地答应着队长的叮嘱，还向我们微笑。我想，她如不是真正的精神病，那就是精神能力格外健全的。

等她走后，我们便向中队长提出接下去想采访的名字，中队长这时终于面露难色，说这人刚刚去了烫工间，一时也派不出人去叫她。我们很歉疚地想道：我们今天已经影响她们的定额太多了。这时我又看见那位黑脸蛋高个子的女孩进办公室里来报告什么事情，就问队长:"她为什么不去做活。队长说,她是"民管"。"民管"即是管理劳教生活的,一般由表现较好又有能力的劳教担任,我就说:能不能和她谈谈呢?中队长欣然答应。

这一回谈话是在队部二楼会议室进行的,接待室被占用了。下午,一辆农民的拖拉机载来一些探亲的劳教家属,他们清晨时在上海动身,乘了长途车,午后两点多到,再搭农民的拖拉机来到枫树林。今天来的有一对丈夫与哥哥,一对母亲与妹夫,还有一对父亲和舅舅。这一个妹夫和舅舅因拿不出说明与劳教亲属关系的证件,被拒绝同意接见,让他们回场部。但负责此事的女孩告诉我,看起来那位舅舅是真舅舅,而这位妹夫却可疑了,当她拒绝他探望时,他竟说:你让我看上一眼,我也就死心了!你说,这像妹夫说的话吗?她问我。她接着说,这种"妹夫""姐夫"是最最伤脑筋的,弄不好就会是她们的同案犯,所以绝不可通融。会见是在接待室里进行的,每三个月可得接见一次,夫妻可以在招待所同居。

这位民管行动举止要比其他劳教自如轻松得多,熟门熟路的,引我们上了二楼会议室。她身体结实丰满,一双黑漆漆的杏眼,长得极端正。穿一件普通的白衬衫和一条瘦瘦的长裤,脚下是浅帮平底的皮鞋,通体上下虽朴素却有点摩登。一边的短发挽在耳后，另一边却垂落下来，遮住半张脸，她的眼睛就从头发后边热辣辣地看着我们。她生于一九六一年，在一美容厅工作，有一个三岁的女儿，丈夫开一只兼卖猪肉的饭馆。为了做生意，她结交了形形色色的人物，时常往返于上海与广州间。事情的爆发是由于一件款项上的纠纷，引起了公安部门的注意，最后以卖淫定处。

在许多男友中，她真正深恋的是一位开三黄鸡店的男人，她说他长得很好看。当然她丈夫也不错，很有男人味，并且精明强干，生意做得如火如荼。而他有些柔弱，对人体贴，他的妻子对他却并不好，本来夫妇俩开一家三黄鸡店应当同心协力，可他妻子总是出去打麻将，店堂里的事死活不管，她便总去帮助他，她说她非常想他。我问道：他究竟是怎样的好看呢？只见有很大的泪珠从她垂耳的发后滴落下来，她悄声说：他不是一般的好看。

我们一起沉默了许久，过一会儿，我问她做"民管"的生活是不是要轻松一些。她立即说，并不是那样，虽然很多人都这么以为。"民管"要给大家打水，送饭，有时候，大家加班加得太晚，她也要去帮忙。现在的活儿实在是太紧了，从早做到晚，还要欠指标，一旦欠了下来，就没有补上的希望，只会越欠

155

越多，像欠高利贷一样。加班加到深夜，洗了澡睡下，不多久就要起床操练，还要读书。有时候，干部有矛盾也会在"民管"身上出气。比如有一次，队长要她去工场叫一个劳教，她去叫，工场的干部不放人，反训斥她，她是一路哭着回来的。在这里的日子实在难过，乱哄哄的，只想早点出去，她不明白为什么有些人要大吵大闹，弄得扣分（扣分多了要延长劳教期），她也曾被扣过一次分，因为在被窝里修眉毛，被人告发了——她微笑了一下——扣分之后她哭了很久，从此再没被扣分，总是加分。

她天天想着出去的日子，在这里，这么大的人被人管，多么难过！我们问她，她来这里后，丈夫态度怎样。她说还好，有探亲的条子他总是来，寄包裹，买衣服——在上海时穿的衣服怎么能穿到这里来呢？那是不能在这里穿的——说到这里，她朝我打量了一下，极微妙地笑了一笑。过去的丰富多彩的日子似又回到了眼前，照耀了她目下暗淡的情景。

她稳定的情绪和正常的心理反应使我们愉快起来，对以后的采访又有了信心。我们说等你出去之后可以看你去吧，她先犹疑地审视了我们，然后笑了，说可以，并给了我们地址。我们说你出去之后还有个难题，就是究竟和谁一起生活，看来你忘不掉三黄鸡店老板，又丢不下丈夫和女儿。她说是啊，有时静下来想想也很心烦，可是出去是一定要出去的，这里她是多一天也不想待的！她不像有些人，待得很有味道似的，一点不怕扣分。

这是一次使我们满意的采访。后来回想，这次采访使我们觉得圆满的原因是，这女孩的故事里有一些为我们僵化的头脑所能理解和接受的东西，或者说，我们以我们的头脑攫取了其中一些我们的经验能够理解的东西，比如三角恋爱，可是重要的恰恰是其余部分，比如三黄鸡店和肉店，比如款项的争端，可是这些都被推到背景上了。

傍晚，回场部的汽车上，我们向负责严管组的队长打听，那女孩进了严管组的表现。她说，首先是让她剪短头发，她虽不乐意也无奈，剪到齐耳。然后，让她拆纱头，她是那样拆的：拆下一缕，就接起来，一缕一缕接好，再绕成团，一个下午，拆了有鸡蛋大的一球。

这一天就这样过去了。夜晚总是很安宁。在有一些夜晚，发生过犯人和劳教逃跑的事情，场部就出动警车。当警笛划破夜空的时候，是一幅什么样的情景呢？孩子会不会从梦中惊醒？逃犯们是怎样蹿过低矮的茶林，身后的柏树好像一张剪影，天空没有月亮。

场部的柏油路发出微暗的光亮，风吹过花圃，发出的响声。

第二天，下雨了。汽车在雨中驶过起伏的土路，雨点在灰蒙蒙的车窗上流下道道污迹。女孩们穿着警服，只能在衬衫上翻着花样，车内像开锅似的，充满了叽叽嘎嘎的说笑声。窗外的景色看上去有些荒凉，看见了一个农人骑了一头水牛，在远处的丘陵起伏地行进。

采访进入了高潮。我们转向了三中队，即"二进宫"中队。中队长向我们推荐了两名劳教，均是一九五二年出生，插队知青，其堕落过程具有社会的原因，不像那些二十岁上下的，只是因为好吃懒做，爱慕虚荣，更不像有些"傻瓜"，一碗阳春面便可得手，这种人的外号往往叫："一角八分"，或者"两角五分"，在劳教中处以最下等地位。须知在劳教中也有等级之分，扒窃是头等，大约是因为这较需要智力和技术，诈骗二等，流氓三等，卖淫末等。卖淫又分几等：一等的是在高级宾馆和外国人、港澳同胞睡觉；二等的则是和腰缠万贯的个体户相好；三等的就是一碗阳春面或小馄饨便打发得了的角色。

头一名采访的劳教个子高高的，有些风度，瓜子脸长长的，眼睛很灵活，她与我合撑了一把伞，一起走往大队部。与她并肩走在一顶伞下，很奇异地生出一种亲切的感觉，好像中学时与高年级的女生走在一起似的。有一瞬间我忘记了身处何处。我想，假如在别的地方，我们或许会成为朋友，她是那种懂得照顾人的女人。

我们坐在一间小屋里谈话，外面下着夏天的雨，天气很凉爽。当年，她在安徽插队，她是父母领养的孩子，也是唯一的孩子，因此，父母很早就操心着她回沪的办法，他们想到了结婚这一条出路。经人介绍，认识了一个在上海工作的北方人，大学毕业，只有一老母一起生活，比她年长十几岁，他们开始交往，在一个也是下雨的夜晚，母子俩留她过宿，夜里他与她发生了关系，生米煮成熟饭，生下一个儿子。婚后的日子，她可说从没安分过，有许多男朋友，也正是这些男朋友，使得她能够忍受这一桩婚姻。

她这是第二次因流氓淫乱劳教，上次是在上海妇女教养所，这一次来到白茅岭。临来之前，她丈夫和他好友一起来看她，她的丈夫一径地流泪，他是共产党员，副总工程师，声誉很好，很爱妻子孩子，满心希望妻子能收心安静下来。她也流泪，眼睛却看着丈夫的好友，这是她真正的恋人，四目相望，不哭也不语，三个人心中都苦得很。其实，她说，我的事情就是离婚，队长们也说：你不用劳教，只须离婚便好了。可是俗话说：舍不得孩子打不得狼，我就是舍不下儿子。儿子非常漂亮，三好学生，大队长，国庆节给市长献花。那次他们来探望，晚上住在招待所，三个人睡一张床，夜里，只觉床在颤动，伸手在儿子脸上一摸，摸到一把泪却没有一点声息，你看，这就是儿子！

这是一个听熟了的故事，从没有爱情的婚姻走向白茅岭，这其间毕竟有漫长的道路，也是一句话两句话说不清的。她还说她很喜欢玩。在上海的日子，总是穿着最最摩登的衣服，坐在男朋友的摩托车后座，去苏州和无锡旅行。那阳光明媚春风拂面的日子，离现在是多么遥远了啊！可她并没显得悲伤，甚至也不惆怅，她很安静略有些兴奋地微笑着，往事中似乎并没有多少使她后悔的东西，她也没有哭。

然后我们将她送回去，再接出第二个。第二个正坐在屋檐下绣花，戴一副大框架的深度近视眼镜，卷着裤腿，低着头又绣了几针，才起身拿了伞跟我们走。她个子很矮，脸相有些怪，我想她是一点儿不漂亮，也没有风情。中途她两次弯腰去卷她的裤腿，伞让风吹走了几步，我等她直起腰来，心想：她能给我什么样的故事呢！

走进门，我们就向她道歉，要耽误她完成定额了。她说没关系，那定额其实也是适当的。可是大家都叫苦呢？我们说。她笑了一下，说：那是因为她们太蠢了，这些人，吃官司都吃不来！因为是第一次听到这样的说法，我们不由得都笑了。她说话的声音很好听，有点脆，而且，口吻很幽默。你是为什么进来的呢？我们问。第一次，扒窃；第二次，卖淫；第三次，大概就要贩卖人口了——她不紧不慢地说道，我们就又笑，心里愉快得很，好像得了一个好谈伴。

　　再不用我们多问，她就娓娓地从头道来：她的母亲是一个缅甸人——这就是她相貌有些异样的原因了，在她很小的时候，她的父亲和母亲就一起去了香港，留下儿女们，她是最小的妹妹。故事应当是从"文化大革命"中期开始的，那时，她已经从江西农村抽调到一个小县城的文工团，在那里唱歌，还跳舞，有时也演些小剧。有一次，春节前，她乘船回上海过节，船到芜湖的时候，上来一群男生，就坐在她们对面。上来之后，他们就开始讲笑话。他们这一讲，她们不是要笑吗？她说。好，就这样，她和她的第一个男人认识了，认识之后就结婚，这男人是在芜湖那里的农场，结了婚后，两人都没有回去，一直住在上海。不久，丈夫却忽然被捕，这时，她才知道，丈夫这已是第二次因偷窃判刑了。他所在的农场，正是第一次刑满留场的地方。而她已怀孕了。于是，从此以后，每到探望的日子，她就挺着大肚子大包小包地乘长途车去农场。后来，则是背着儿子，儿子一岁两岁地长大了。这时候，她也开始偷东西了，偷东西成了他们母子的生活来源。总算，丈夫刑满回沪，她想，这样生活下去究竟不是长久之计啊！母亲从香港回来也觉得小女儿日子过得不尽如人意，便决定为她办理香港探亲。当她领到护照的时候，她丈夫却跑到公安分局，告发她的偷窃行为，护照被没收，人被劳教两年。

解教后回到上海，两人的户口迁了回沪，也有了工作，过了一段太平日子。有一日，她因工伤提早回家，却见丈夫和她的一个小姐妹躺在床上，两人便大闹，将家里可以砸碎的东西都砸碎了，结果是离婚。她回到娘家，房子已被哥哥姐姐分完，她只能在厨房里搭一块床板栖身。哥哥姐姐一早一晚地进出，免不了要冷言冷语，他们都是很出色的人，在单位里都保持了先进，有这样一个妹妹，实在感到羞愧难言，偏偏这妹妹又住了回来。家里的日子不好过，她就到街上去。到街上去做什么呢？斩冲头，斩冲头就是哄骗单身男人，让他们请客跳舞，喝咖啡，吃饭，等等。会"斩"的人往往无本万利，不会"斩"的就会将自己赔进去。要知道，这世界上，什么都缺，就是"冲头"不缺，她说。

在她叙述的过程中，我们中间常常会有一个按捺不住，急切地问：后来怎么啦？后来怎么啦？另一个就会更着急地拦住道：你别吵，听她说下去！她也说：你听我说啊！然后不慌不忙地说下去，是个非常有才气的叙事者。

在"斩冲头"时，她认识了一个青年，这青年迷上了她，再也离不开她了，可是她觉得这不可能，因为这男孩足足小她六岁。不管怎么先把他搁起来，再继续斩她的"冲头"。那男孩却依然恋着她，跟随着她，终于感动了她。他们两人，再加上她的儿子，组成一个三口之家。生活很艰难，靠贩鱼为生。因为她觉得与前夫的事在厂里丢了脸，回不去了，就辞了工作。在寒冷的冬天里，卖鱼的生活是很不好过的。她终于病倒。在她养病期间，那男孩忽然阔绰起来，每天早晨出去，晚上就带回髂髅、甲鱼、母鸡，煮了汤给她喝。她问哪里来的钱，他说是今天生意好。可是她明白生意是怎么回事，又加追问，才知他去摸人钱包了。他向她保证说，等她病好了就不干了，她天天为他提心吊胆，总算没有出事。这时候，她又遇到了过去的丈夫，他仍没有结婚，已经成为一名老练的皮

条客了。他向她介绍生意，组织南下卖淫，后来事情
败露，他被第二次判刑，她则第二次劳教。我的事情
呢，就是这样！她最后说道。

我们都已听得出神，为她的经历和口才折服，我
想：她是个聪敏人啊！已经透彻了似的，将这凄惨而
黑暗的故事讲得那么有声有色，妙趣横生。她始终怀
了那种自嘲的口气，像一个作家在写他的童年，多少
惊心动魄的东西掩藏在她调侃的语气里，叫人忍俊不
已，却不敢多想。我们笑声不断，她也很为她叙述的
效果得意，却不动声色。

我们再问她，那个小她六岁的男孩现在如何。她
说他和她的儿子一起生活，儿子叫他"叔叔"，"叔
叔"大不了儿子几岁，也管不了他，儿子不听话。有
时叫他去"放烟"他不肯（放烟即贩卖外烟）。有时
去"放烟"了，却将本钱利钱一起卷走。她写信去对
儿子说：不可以这样对叔叔，叔叔苦，"放烟"这碗饭
不好吃得很，遇到警察，收得不快，就得充公。她还
写信去问邻居，叔叔对儿子好不好。邻居说，叔叔好，
叔叔对儿子只有这样好了！我们说这青年待你可是真
好啊！是呀！她说，他待我是好得很！探亲的条子一
寄过去，几天以后人就到了，大包小包的。再过几天
他又要来了，如你们不回上海就可看见他了。我们队

长说：他为什么待你这样好？我看看你又没什么好！
我说：我也不晓得，你们问他自己去吧！半个月前他
来信说，儿子撬了橱门，把钱和叔叔的西装偷了，不
知跑到哪里去了。我们问，儿子已经能穿叔叔的西装
啦？呀，儿子很高，长得非常漂亮，小时候，曾被歌
剧院舞蹈队挑去，他吃不了苦，逃了回来。这小鬼迟
早也是要吃人民政府这口饭的。这样倒也好，我也希
望他来吃人民政府这口饭的，我们问"吃人民政府的
饭"是什么意思，她说就是吃官司的意思，在这里都
这么说。

　　从此，我们每天傍晚都要问一问，她的那位大男
孩有没有来探望，每天下午都有农民的拖拉机送来探
望的家属，却没有那个青年，直到我们走后。

　　当我们与她分手时，发现她是有吸引力的。她的
吸引力在于她的聪敏。可是，如她这样聪敏和洞察，
却为什么会走上这样一条不明智的道路？她显然不是
为虚荣所驱，那长江轮上的男人是不会给她什么虚荣
的。一切的发生，又都缘于这长江轮上的邂逅，假如
她没有遇到这个男人，她的今天会是一番什么面目？
这男人又以什么吸引了她？她总是说，他会讲笑话，
会讲笑话难道是一个重要的禀赋？她自己也很擅说笑
话，谈话间，妙语连珠。她有使人快乐的本领，这是

她的吸引力所在。这种使人快乐的本领，大约也是那男人吸引她的所在了。

我们满意地回到队部，队长们说："又是和她谈吧！"每一回记者来访，都派她去谈话，每一回都圆满完成任务，皆大欢喜。劳教们都愿意和她住在一屋，她虽从不打小报告，却也从不被人报告，她也能与队长顶嘴，顶完之后队长才发觉被她顶了嘴。她从不与人争吵，也无人敢欺她，她还使人很开心。她使样样事情都很顺利，很摆得平。她还使个个人都很满意。我想，这大约就是如她所说：吃得来官司。而许多人是吃不来的。官司是什么呢？就是"吃人民政府的饭"。

无论怎么说，三中队的人到底曾经沧海，比较别的中队，确实"吃得来"官司些。

中午时，雨停了，太阳出来了，照耀着茶林，一片油绿，起伏的丘陵有一抹黛色，这情景是好看的。我们收了伞，送她回三中队吃饭，报栏前有一女孩在出报，她喊她"娟娟"，还告诉我们，娟娟的男朋友是个英国人，在伦敦；娟娟这次"二进宫"也是冤枉官司，她在一个大宾馆的客房里，一个外国人要与她亲热，她不允，正拉拉扯扯时，公安人员撞了进来。她至今也没有承认，天晓得是怎么回事。娟娟长得不俗，高大健美，气质很大方，字也写得端正。

下午我们采访的也是一个大叫冤枉的女孩，她的事情，连队长们都感到困惑不解。她二十七岁的年龄，已是第三次因卖淫来到白茅岭，并且第二次和第三次之间仅只相距两月。据说，当她第二次劳教期满，下山回家，她是真的决定重新做人。她决定做一些百货生意，回沪后不久就去寻找门路，经人介绍，与一些百货个体户达成联系。一日，他们谈好买卖，一个个体户请她去旅馆坐坐，然后就发生了关系。事后，那人因其他女人的事案发被捕，将她也一并交代出来，当承办员找到她证实口供时，她矢口否认，态度相当强硬，爱理不理的。

　　承办员一次一次传讯她，她一次一次地不承认，心里却慌了，她想：这事如说出去，会怎么样呢？事情是只这一桩，可是她是有前科的人，会不会一次作十次判？这样的例子是很多的呀！这时，白茅岭带她的中队长到上海来读书，去她家看她，见她愁眉不展，问她有什么事，她就说遇到这样一个麻烦。队长立即去找承办员了解情况，承办员说，我们并不是要搞她，只是希望她能够配合，证实口供，将那人的案子结束，并希望队长能帮助做做工作，队长将承办员的意思带给她，第二天，她便将这事交代了。不料，却判了她三年。

队长说，她前两次劳教期间，都比较文静，态度也温和，不太与人争执，有相当的自控力。而这一次却大不相同，几次要自杀，与人打架，性格变得非常暴烈。队长们对她说：我们也与你实话实说，判的事不归我们管，我们不知道，你就不应当和我们闹。你要不服，可以再写申诉，自己不会写，我们替你写。而她则大哭说，她不写申诉，她根本不相信这世上还有什么公理，这个社会是专门与她作对的，从来没打算要给她出路，坦白从宽，悔过自新都是说说骗人的！她横竖是要出去的，出去之后她横竖是再要做坏事的，她横竖是要和这社会作对的！

她来到我们面前，三句话出口就哭了，她说她恨这社会，恨这世界，恨所有的人，她反正也没有希望了那就等着吧！她头发削得短短的，穿一身白衣白裙，中等偏高身材，匀称结实，她的气质似比较细腻，确像是淮海路上的女孩。她家住在淮海中路，兄弟姐妹多人中，她与妹妹最好，可是妹妹死了。说到妹妹，她的眼泪如断线的珠子，她咬牙切齿地诅咒她的父亲，说是她父亲害死了妹妹。在她第一还是第二次劳教的时候，父亲就怀疑妹妹是否也与她做一样的事情，主动将她送到工读学校，女孩后来自杀了。她说：我妹妹是个特别老实的好女孩，在学校里是三好学生，门门功课优良，她怎能去工读学校那样的地方？我饶不了我父亲，我恨他，他那种一本正经的样子，我看了就恶心！想起往事，她恸哭不已，充满了绝望。她怪这社会把她弄得这样绝望。她说她十八岁那年，第一次被抓，一进去就把她的头发都剪了，从此，她再没有什么自尊心和希望了。

她这次来后，既不要家里寄钱，也不寄去探亲条子，我们说，要不要我们去你家看看你父母，让他们来看你呢！她说：不要，不要，我不能让我妈妈来，她已经六十多岁了，身体不好，这一路上难走得很，荒山野地的。假如——她的眼泪忽然止了——假如我妈妈不在了，我就要我父亲来看我，我每三个月就要他来一次，让他带这带那，大包小包拎着，上车下车，再搭农民的拖拉机，荒山野地地跑着来——她很恶意地想象那情景，泪如雨注。后来，她渐渐地平静下来，站在门口与我们告别，雨后的阳光照射着她，白衣白裙好似透明了，看上去，她竟是很纯洁的。我们嘱她既来之，则安之，平平安安地度过这几年，我们回上海后，一定帮助她申诉。她说没有用的，我们很有信心地说我们要试一试。然后，她就走了。

又一辆拖拉机到了，老远就听见轰隆隆的声响，门前嘈杂起来。我们回到屋里不一会儿，门却被粗暴地撞开，一个三十来岁的男人提了一个大蛇皮袋，探身进来，说道：队长呢？又退身出去了。

傍晚，我们在回场部的汽车上，看见这位携蛇皮袋的男人坐在后座，身边有一个白发苍苍、身坏粗壮的老人，还有一个六岁的清秀的男孩，很活泼地跪在车座上，望着窗外雨后泥泞的道路。落日很绚丽，老人的脸色十分阴沉，那男人则一脸沮丧，却还耐心地回答孩子好奇的提问。他们是谁呢？

下车后，见那男子和老人带了孩子也走进了我们的招待所，在服务台办理住宿，心里很好奇，装作看一张汽车时刻表，等待时机和他们搭话，看见表上有一个站名叫作"柏店"，不由得想起丘陵上孤独的柏树，游转在我们的视野里。他们与服务员交涉得似乎不那么顺利，双方态度都很急躁和不耐。当那男人交涉时，老人在店前徘徊，带了勃勃的怒意，好像一头困兽，孩子则蹲在地上玩他自己的游戏。终于办完手续，三人就走进走廊尽头的房间，拖着那个巨大的蛇皮袋。终于没能说话，只得遗憾地离开，去饭厅吃晚饭了。

饭后，走过隔壁一爿饮食店，却见那三人正坐在里间，大人已经吃毕，在吸烟，孩子在吃最后几个馄饨，饶有滋味的。我们好像堵截似的陡地走进去，对那老人说道：老先生，吃好了吗？老人有些惊诧地抬头看我们，眼睛随即又涌上怒意，那男人倒还随和，问我们也是从上海来的吗？所看望的亲属在哪个大队？我们说我们是来采访一些情况，并介绍了自己，他不知道我，却非常知道宗福先，脸上露出笑容，并立刻向老人说：叔叔，这是上海来的记者，大名鼎鼎的。老人忽地将碗一推，对那男孩说：快点吃，说罢就起身离去，看都不看我们一眼。那男子并不介意，向我们解释：叔叔气坏了，他从台湾来，特地乘了七小时汽车，赶到枫树林来看侄女儿，也就是他的妹妹。可是干部们不让见，说凡是海外亲戚探视，都应事先告之，然后让劳教回到上海，住妇女教养院，在那里接见。他求情道，人已经来了，是否可以破例一次，干部则让他们快回去，等着在上海接见。算了算了！他愤怒地挥舞着手，不见了不见了。我们不要见了！这种地方，真令人头昏。

我们劝他不要意气用事，还是应当让妹妹回沪一次，现在里面活很重，一个个都累得很，回去也可休息几日。他依然嚷着：算了算了！这种事情，太令人头昏了！你们看，我还把她的孩子带来了，一个小孩，走了这么远的路，却看不见妈妈，她们这种干部，心是多么硬，实在头昏！我们慢慢地劝他平静下来，一起走回了招待所，他请我们去坐坐，我们便也不推辞。

台湾来的叔叔正坐在床沿抽烟，房间很小，挤挤地放了三张床，见我们进来，老人一甩手就走了出去！叔叔实在气死了！——他又对我们说。我们问他妹妹在哪个中队，叫什么名字，什么案情进来的。前面的问题他都回答了，说他妹妹在四中队，四中队除去将要解教出所的人外，还有一支文艺小分队，她妹妹是小分队的。谈及案由他只连连说：这样的事怎么说得清楚！这样的事能说得清楚吗？我们问他妹夫做什么工作，他只说已经离婚了，孩子归妹妹，现在由他带。问他有没有结婚，他说没有，又说：不结婚了，不结婚了，想起这些事就头昏！再问他们的父亲在哪里工作，他就摇头，连连说，头昏头昏。

这时，台湾来的叔叔走了进来，无缘无由地将那孩子呵斥了几句，假如我们还不走，他要骂起来似的，我们就告辞了。他依然不看我们一眼，黑着脸，看他并不像发财的样子，只有腰间那一只腰包，有点台湾来客的气氛，他像是个老兵。我们赶紧离去，那男子送我们出来，问我们会不会看到他妹妹，我们说可以的。他说，假如看到他妹妹，就对她说：家里一切都好，孩子也好，让她放心！说到这里，他哽住了，有大的泪珠在他眼睛里打转，而终于没有落下。这意外的插曲，给我们的白茅岭之行增添了戏剧性的色彩。

后来，我们向负责接见的干部提及此事，那女孩说，那天，他砰地撞开门，一手扬着一本护照，一边说：台湾叔叔来了，台湾叔叔来了。我心里就很反感。你台湾叔叔有什么稀奇，也要按规矩来，回去！我们又问他妹妹是什么案情，她便找来卡片给我们看，她曾经在工读学校，由于向一个医学院的伊朗留学生卖淫。这一次进来也是由于卖淫，主要是同华亭路一个商贩。这商贩的姓名使我眼熟，我记得在好几张卡片上都有这个名字。那女孩就告诉我，那都是同案犯，这一起淫乱牵进来的人有好几个。这商贩是个什么样的人呢？我眼前出现了炎炎烈日底下，人声鼎沸热火朝天的华亭路。

接下去是星期天，值班的星期六就留在枫树林了，不派大客车，本想搭拖拉机去，可场部的宣传干事却找来了一辆小吉普。

我们还是到了三中队，院子里很热闹，大家有的洗衣，有的洗头，做着一些内勤。上午是排练合唱，为歌咏比赛做准备。这时的气氛是平静和闲适的，与往日很不同，然而这么多身体强壮且又年轻的女人一同在院子里活动，却包含了一股紧张的气氛，好像随时都可能发生些什么。办公室里有一个劳教在向队长哭泣，她进来之前借钱买了一辆车，本想赶紧做了生意将债还了就可净赚，不料却因偷窃事发。她将车交给妹妹、妹夫，希望他们代她还了债，其他赚头都归他们自己。可昨日妹妹来信说，出租车生意不好做，并不能赚钱，债主又上门讨钱来了，希望姐姐告诉她，姐姐的金银首饰放在何处，她可取来折价还债，或者，就把车子卖了。她说妹妹根本没有好好地做生意，还想骗去她的金银首饰。队长很耐心地听她讲述，不说什么，也不打断她。那发生在上海繁华大街和隐晦弄堂里的故事，在这皖南宁静的早晨里，听起来是多么不可思议。

　　这天我们在三中队又挑选了三个采访对象。这二日的谈话已有点使我们疲倦，失去了耐心，谈话便无意中加快了节奏。一个新的对象很快就使我们消失兴趣，就又期待着下一个对象，对这些女人的好奇心和新鲜感在一次次的接触和谈话以后大有泯灭的危险，我们有些懒惰，互相希望别人来提问题，提问题使我们感到吃力，假如第一个问题没有得到令我们满意的答复，就再无耐心去提第二个问题，于是，没有几个回合便匆匆收了场。

　　第一个谈话者是一个四十七岁的女人，这是最年长的劳教之一，她曾于一九七七年因流氓罪判处三年劳教，这一回又因流氓罪判处三年，从她的材料中得知，她主要的淫乱活动是和两个二十岁左右的男孩进行的。这事情叫人觉得恶心，却又想不明白。当她站在我们面前时，我们就只剩下愕然的心情了。她是干枯了的一个女人，黑黄的少肉的长脸，说话很生硬，态度也很不合作，她过去的职业是小学的体育教员，这个人，这个人的职业，这个人的作为，全呈现着分离的状况，怎么也协调不起来，只觉丑陋得要命。这时也发现自己原来是有着致命的偏见，那就是只能够认同优美的罪行和罪行中的优美，怀了一个审美的愿望来到白茅岭，实在跑错了地方。面对了这么一个存在，我们简直束手无措，张口结舌，她坐在角落里，手里玩弄着一柄扇子，在眼角里觑着我们，使我们更觉不是对手。后来我们终于提出一个问题：当你这样大的年纪却和两个男孩瞎搞时，心里究竟如何想的？她不回答，低着头，好像有一点羞涩，这令人更加忍无可忍，我们立即把她送走了。

第二位是一名"A角"。她头发剪得很短，穿男式长袖白衬衫、男式西装长裤、一双松紧鞋。她的父母都是盲人，而她的眼睛很明亮。她是二次劳教，第一次是流氓卖淫，第二次也是流氓卖淫，在这里，是一名出色的"A角"，许多女孩为她争风吃醋。我们问她为什么大热的天不穿裙子，而要穿长裤。她说她从来不穿裙子，穿惯了男装，穿女装就很别扭。过几天大队要举行歌咏比赛，每人都要穿裙子，她借了一条试了试，怎么看也不像样，赶紧脱了下来，到了那一天，她可怎么办才好啊！她非常发愁和恼怒的样子。我恭维她说：你长得还是很秀气的，穿裙子不会难看的！她"嘿"一声笑了，直摇头，说她一直是这样的，有一次和男朋友出去，遇到他的熟人，熟人就问：这是你的弟弟吗？我说你男朋友喜欢你这样装扮吗？她说，他喜欢不喜欢关我何事！

我们心里有许多问题，可是想来想去不好问出口，比如说她既然扮成男性角色，那么有没有性冲动？这冲动是哪一方面呢？如是立足男性角色方面的，那么她又如何去卖淫和搞两性关系？假如她不拒绝两性的关系，那么她又如何处理自己的角色问题？反正，就是一句话，她在现实生活中是如何协调两种性别角色的？后来，我们送她回去了，走在她身边，觉得她走路的姿态确已相当男性化，含胸，端肩，微微有些摆动，且是一种沉稳刚健的男性风格。

第三个就是娟娟。队长事先提醒我们，这个娟娟不知是说谎还是做梦，经常胡说八道。她将自己的家庭描绘得十分豪华，可有一次，队长去家访，却发现她家十分拮据。她还说她和许多男明星有恋爱关系。

每天她都写一些日记似的文字，写好后也并不收好，到处放着，叫别人四处传看，日记里记载着她和歌星费翔兄妹般的友情。她今年二十七岁，第一次因与法国驻沪领事姘居而判处三年，第二次的事情，她至今也不承认，连叫冤枉。当我们问及她这事时，她是这样叙述过程的：那一日，她到华亭宾馆去送她的英国男朋友，男友走了之后，她又留在宾馆跳舞，晚上，有一外国客人请她去客房坐坐，她想拒绝人家是很不好意思的，就跟了去。一进房间，那人就对她行之非礼，正拉拉扯扯间，房门推开了。她虽然觉得委屈，可倒也平静地接受了现实。这过程中有一些疑点是她无法解释的：她送走男友后是因什么理由再留下跳舞，她凭什么跟随一个陌生人去他的客房，这人又为什么目的而请她去？

　　当然我们并没有问她这些，我们经历了这些谈话，已经习惯了一件事情，那就是所有的人都将自己说成是无辜的，纯洁的，她们的神情都是同样的恳切，叫人同情。我们渐渐地抑制了我们愚蠢的文学性的怜悯心，而这怜悯心最终遭到毁灭性的打击则是在离开白茅岭以后。我们说队长说你每天都要写日记啊！她先说是瞎写写的，然后又说在这样的地方，不写写东西又能做什么呢？乱哄哄的，周围没有谈得来的人，那些人或者吵架打架，或者搞什么"A角B角"的同性恋，太无聊了。这些人都是心理变态，硬说那个"A角"像男人，说你看你看，她多么像男人啊！可她横看竖看还是一个女人。伙食也很糟糕，难得吃肉也都是猪头肉，大家都奇怪，这里怎么会有这样多的猪头肉，都说白茅岭的猪是长两个头的。这次歌咏比赛，非要她写串连词，还要她朗诵，说她普通话说得好……

最后，我们送她进去时，她上下打量了我一番，说：你穿得多么朴素啊！我说，是啊，我们也不懂，听说你们这里不能穿裙子，不能穿没领子的衣服，其实我也热得很，可是你们都穿裙子！她就说：那些规定是对劳教的，裙子可以穿，可是每一季不得超过三套衣服。要是我是你，那我简直不知怎么才好了！她忽然说了这么一句，使我注意地看了她一眼。她眼神有些迷惘，又有些陶陶然地望着远方，走进了大墙里边。她在做什么白日梦呢？为了这些荒谬的白日梦，她准备付出多少代价呢？

劳教们又在工场间加班了，只有几个值班队长在，办公室都锁了门，比平时安静多了。四周都是茶林和稻田，假如要逃跑，往哪里逃呢！女劳教已保持了多年无逃跑的记录，过去，这里曾经逃跑成风。她们总是先到一户农民家，给他们钱，住宿一夜，再往上海逃，到了上海，住上几天，有一些就又回来了。太阳当空，天上没有一丝云彩，四下里无一人。

下午我们到四中队找昨日那位哥哥的妹妹，负责小分队的队长说她已离开小分队，到二中队去了。问为什么离开小分队，那队长说这人就是长得好，可是特别笨，什么也学不好，并且很别扭，说她几句，她就什么也不做了，很难弄，便把她打发回去了。队长又说，她的哥哥倒特别好，"五一"节时，演出须每人有一套运动服，她哥哥接信迟了，生怕赶不上演出，带了运动服直接送了来。她哥哥是为了她不结婚，帮她带孩子。我们问：她哥哥怎么对她这样好呢？而且他结婚不结婚和她有什么关系呢？队长说：谁知道！

于是我们又到二中队，要求见这个劳教，她是仓库管理员，所以我们就去了仓库。她果然长得很好，身材很匀称，很秀气，鹅蛋脸很俊俏。我们想起了昨日那个六岁的男孩，觉得很像他的母亲。她以一种熟人般的态度看着我们，很不见外似的，问我们从哪里来，做什么工作，然后就问，上海某某话剧团的某某某，你们认识吗？上海儿童艺术剧院的某某某，你们认识吗？上海某某团体的某某某，你们认识吗？如果我们说认识，她就微笑着说，我们是朋友；如果我们说不认识，她也微笑着说，我们是朋友。当她问到上海音乐学院的某某某时，她脸上忽流露出一丝惆怅，放轻声音道：我进来的那天中午，我们在一起吃午饭的。停了一会儿，又说，假如我要不进来，他就会和我结婚。她眼睛看着前面墙上的地方，沉浸在往事的回忆中。而她又很快回过神来，说她在这里过得不错，开始在食堂，后来在小分队，她不喜欢小分队，在那里很没意思，乱哄哄的，每天早上还要练功，她就不要待了，来到这里，又看仓库，过几日要歌咏比赛，队长要她去辅导，因她是小分队来的。

她说起话来左顾右盼，搔首弄姿，语气又很轻浮，听起来就像在说梦话。我们很想打击她一下，使她回到现实中来，险些儿将她哥哥来到此地终又回去的事情说出了口。可她话头很快一转，说她明年八月就可出去，到那时，她的儿子就将上小学一年级了，九月一日那一天，她将送她儿子上学，第一天上学，总是要妈妈送的。她眼睛里有了泪光，使我们的话到了嘴边又咽了下去。这一回，她沉默了稍长的时间，我们就问起那华亭路的商贩。她说那人五十多岁，对她很好，对她儿子也很好，时常给她钱、衣服，对她说，不要去和小青年搞，搞出感情来就没意思了。她很怀念地又低了低头，紧接着又左右顾盼起来。

她好像很容易就进了角色，并且很胜任似的。她的话很多也很碎，打也打不断，眉飞色舞的，将她过去、眼下，以及将来的情景都描绘得很有色彩。这时我忽然很想证实一下，她是否真有一个台湾叔叔，思索了一下应怎么问起，这时她开始谈到出国的事情，说曾有人邀她出国，被她婉拒了，现在却又有点动心。我就说你自己家里是不是有亲戚在海外呢？她说，听她父亲曾经说过，她有一个叔叔，是在国民党部队开汽车的，解放前夕，去了台湾。

　　这时候，我们感到很难将她哥哥的话告诉她了，无论她是多么令我们讨厌，是多么矫揉造作，想入非非，可一旦要是知道，她的哥哥、儿子，还有台湾叔叔已经来到大墙外面却又返回，她的角色意识再强烈也抵挡不住这打击的，不知会闹出什么样的事来，弄得不好收场。在这里，自伤与他伤的暴烈事故时有发生，我们无权再制造一件。倘若为了我们追求戏剧效果的行为，队长们却要承担其严重的后果，那实是很轻薄的举动。我们什么也没有说，就离开了仓库。

　　劳教们很狡猾，避重就轻。总是能够绕过重要的事实去说别的。但从她们的谈话中，却也不时传达出一些信息，使我们窥见她们的那一个世界。比如，当她们面对男人的那种要求时，她们常常说：人家这样恳求，怎么好意思呢？还比如，那华亭路的商贩，劝那女孩不要和小青年搞，"搞出感情就没意思了"。在她们的世界里，道德与价值的观念、法则是与我们这个世界里，由书刊、报纸及学校里的教育所宣讲的法则、观念不相同的。她们生活在一个公认的合法的世界之外，她们是如何抵达彼处的呢？

这一天就这样过去了。

日子过得有些快了，白茅岭的印象似有渐渐陈旧，采访有些大同小异，千篇一律，对明天不再抱有好奇心，有些得过且过。早晨与傍晚，客车走在途中，窗外的风景也已漠然，低矮的茶林一望无际，显得荒凉，柏树总是孤独地一株两株，久久停留在视线中。在无雨而干燥的日子里，尘土便烟雾般地涌起，挡住了后窗，汽车在雨后干涸了的车辙上颠簸，摇摇晃晃。一九五三年的时候，第一批干警和第一批犯人来到此地时，这是一片什么样的情景呢！据说有野狼出没，在夜晚里长声嚎叫，召唤着迷路的狼崽。明月当空。孩子们又在齐声吼叫：谢谢叔叔。小学校到了。孩子们转眼间消失在一片树丛后面，他们长大了做什么？做第三代干警吗？

星期一的早晨，队部又呈现出繁忙的景象。干部们商量，要送那位严管的女孩去宣城精神病院研究所做鉴定，这是通过一位学校老师的哥哥联络的关系。那女孩在严管期间依然如旧，严管对她没有明显的效果，干部们说：如真有精神病，马上放她回去，如不是，就好好地收拾她。提起她，人们气就不打一处来，她挫伤了管教干部的权威感和自尊心。

在我们情绪低落兴味索然的这一天里，很幸运地遇到了那个气质最高贵的劳教，她使我们保持了美好的观念，她的不卑不亢的气度，她的自尊与自爱，她直到如今尚具有健全的人性，正常的情感，使我们之间能够进行一场至今为止最为平等和诚恳的谈话。由于她的这一切素质都是历经了这一切而保持的，因此，她的稳定和坚强给我们留下了极其深刻的印象。

使我们选择她来做采访对象的原因，是她出生于一个军队干部共产党员的家庭，她的案情是在深圳卖淫。曾有一次，她的父亲，一名老共产党员，带了她的长期姘居的情人，一位在深圳开办公司的香港人，路途迢迢地来到枫树林看她。这是一个意外的情节。

她经过我们的窗口然后才走进房门，至今还记得她挺拔的身姿从窗前掠过的情景，那天早晨的太阳又特别清新。她穿了一件湖蓝色的确良短袖衬衫，一条蓝色的线裤，脚下是一双浅黄色有网眼的浅帮平跟鞋，这双鞋能使我们想象她在沿海的新型城市里是如何光华照人地出场。她有一米七十二三的身高，模特儿型的，坐相很端正，神态凝重而安静。她使我们静止了有一分钟或者一分半钟，觉得以往的所有问题对于她都将是不够尊重的，也将损害我们自己的形象，她是众多的劳教中唯一一个使我们想起并注意到我们自己形象的。这不是普通的女人的魅力。

开始她垂着眼睛，后来她抬起眼睛笑了，说：有什么问题你们问好了。我们不由得也笑了，气氛这才轻松了一些。不久我们将发现，在这场谈话中，她其实是处于主动的地位。她是第二次劳教，第一次是在上海妇女教养所。对于上一次的处理，她是不服的，她说：哪一个女孩子谈恋爱是谈一次就成的呢？这次我服的——她说。她服的是什么？她又错在哪里呢？她说话很含蓄也很得体，头脑清楚，使我们不好穷加追究。她说她中学毕业在某个单位工作，厂里有个中年人，是个画家，因是右派而被下放做工人，受到人们的歧视。而她总是待他很好，并且在大庭广众之下，也不回避对他的好感，比如在医疗室看病时，让座位给他。然后她就和他成了好朋友，他还教她画画——我们想起黑板报上的题图，问是不是她画的，她说：是的。渐渐，就有了议论，她无视这种议论，依然与他接近。提起他时，她依然充满了温存的心情，她怀恋他说：假如不是遇见了他，我的生活也许就和大多数女孩一样，结婚，再生个小孩……他对她的影响究竟是什么样的？他使她走的是什么样的另一条生活道路？这条生活道路带给她的是幸还是不幸呢？

当她结束第一次教养，回到单位，人事干部劈头就一顿训斥，这使她无法忍受。正好有个前一年去深圳工作的朋友写信邀她去玩，她便去了一次，她发现深圳是个适合她生存的地方，朋友又帮她在一家公司里找到了工作，于是她便回上海办理辞职手续，人们问她找到什么好工作了，她只说是去做水产生意。然后她就飞到了深圳，在那里就遇到了那个香港人，他们公司的老板。你在那里做什么呢？我们问。她说，帮助老板做生意。他教我，开支票，谈买卖，他都教我。他好吗？我问。过去我不认为他好，但到了这里以后，我觉得他很好，他对我父母很好，为他们买东西，寄钱给他们，打电话安慰他们，他对我父母好就是对我好。听说他来看过你一次？我说。是的，他来了，没有被同意会见，我出来会见爸爸时，走过那里——她指了指窗外，那里有一棵柏树，在阳光下——看见他，我没有哭，他哭了，我对他说：我已经三十二岁了，你不能再拖我了，他说：你放心，我会对你负责的。说完，她沉默了。

我问，他能不能和你结婚呢？这样的话我也不好多说，在香港，离婚是件复杂的事，财产，房子……她垂下眼睛，眼圈却红了，她悄悄地抹去眼泪，轻声说：这些事想起来就很难过，平时我从不多想。我们默默地坐了一会儿，然后问她，她的父亲对这事是怎么想的呢？她说：照传统的说法，就是我们把爸爸带坏了，而照我的看法，就是使他思想解放了。我们都笑了，她也笑了。我们又问她在这里生活怎么样？她说这里比妇女教养所好。为什么？是因为你在这里比较受重用？她在这里是小分队的，又是缝纫组，屡次受表扬嘉奖。她说并不因为这个，在妇女教养所我也是做大组长，反正我喜欢这里。她站起身走的时候，我想我们之间已建立起了信任的感情，我们目送她沿了队部前的大路走去，消失在大门内。

太阳始终是那样光艳耀人，深圳是多么遥远。那香港人是什么模样的？人品如何？他们在一起相处的情景又是怎样？她平时里不敢多想，想起来就会难过的，究竟是些什么？是过去的事还是现在的事，抑或是将来的事？过后，我始终在想，直到有了米尼，甚至米尼登了船之后，我还在想的是她那一段话："假如不是遇见了他，我的生活，也就和一般女孩子一样，结婚，生个孩子……"听她口气，对现今的状况非但不后悔，还有几分庆幸的意思。庆幸她脱离了那种常规世界的生活，尽管有些事她想起来很难过，那香港人路远迢迢前来探访是令人心酸的一幕。

接下来谈话的是几位队长都极力推荐的一位劳教。她曾在劳教大会上做过讲话，讲关于她在香港的生活。一年的情景，使大家明白，香港的月亮并不特别圆。她的生平具有传奇色彩，甚至使我们怀疑：这有多少真实的成分？她已临近解教，这几日在队部服务，每日都看见她头戴草帽勤勉劳动的身影，一个美国老板要娶她为妻的故事便显得极不可信。可最终因为不忍辜负队长们的好意还是请了她来，她已有三十八岁的年龄，身体有些粗重，皮肤还算白皙，可却有坚牢的皱纹，她穿了一身劳作的衣服，想不出她还能有其他装扮。她忙着为我们张罗茶水，除了殷勤讨好也不乏有诚实的关切和热情。

她说话的声音响亮而粗爽，不经我们多问，便如俗话所说竹筒倒豆子般地倒了出来。她说她的母亲在她幼年时就去了香港，后又从香港去了美国——据干部们说，她的母亲是一名妓女，是偷渡去了香港——母亲走后，父亲又另结婚，去了常州，她跟奶奶长大。小学毕业后考取了上海戏曲学校越剧班，那时，她长得花容月貌，生活得很快乐。十六岁那年，"文化大革命"开始,学校停课,奶奶死了。奶奶死后,房子被叔叔们收回,她无家可归,日夜流浪,在一个夜晚,她来到黄浦江边,想来想去想不出有什么出路,便跳江了。刚跳下去,便被一个船民捞起,她湿淋淋地躺在江边,啼哭着。天渐渐亮了,越来越多的人围在了她的身边,那是一个自杀事件频繁发生的年代,人们并不问长问短,只啧叹着她的年轻和可怜。这时,江边走过一个妇女,一眼认出她来,说:这不是我家女儿的同学吗?曾经到我们家来玩过。于是,那女人便将她带回家,让她换了干净衣服,又让她休息。她睡不着,只坐在里屋床沿上发愁。

这天,这家来了一个客人,是一个车床工人,自十三岁做徒工,至那时已有二十年工龄,一手好活,是个八级金工。人却很老实,还是孑然一身。这家的母亲正在为他做媒,介绍了一个女人,却不中他意,他正是来拒绝的。那家母亲先是不乐意,觉得被拂了面子,紧接着却心头一亮,便向里屋指指,示意他去看看。他探进门里,见一位愁容满面的女孩坐在屋内,退出门来时,只说了一句:问问她的意见。她并没有什么意见,跟了这男人,就将有住有吃有人养,她的问题就解决了。她跟了这男人去到他家乡成了婚,后来有了三个儿子,她才发现自己犯了错误。她想离婚了。他有什么不好呢？我们问。他没有什么不好，也没有什么好，可是我不喜欢。她说，他只喜欢这世界上两件事，一是车床，二是钓鱼，除此，他对什么都没兴趣，我想和他一起逛街，他除了看钓鱼竿，什么商店都不肯进，我想和他聊天，他说我为什么那样话多，我要给儿子买几件衬衫，他说买几尺龙头细布做两件就行了……

离婚那年，她是二十四岁，她把儿子全都要了过来，住在市郊的小镇上，做些临时工。这段日子，艰苦异常，总算平安度过。到了一九七六年，有一个晚上，镇上的政府办公室有一个秘书冒了雨匆匆赶来，说有一个美国打来的长途电话找她，他费了好大的劲才找到她的家，要她立即去听电话，电话还没挂断。她跟了秘书跑到镇办公室，拿起话筒，话筒里传来一个女人夹带着啜泣的说话声，说是她的母亲，她只感到茫然和惊愕。放下电话时，那秘书说你怎么那么冷静？她奇怪地说：为什么要激动？过后不久，母亲给她寄来了钱，共有两千元人民币，她这才激动起来，她从来没有见过这样多的钱，她数来数去数了多少遍，最终也没有数清楚，总是两千元多一点，或者两千元不到。她挑了一个星期日，带了三个儿子来到上海南京路上，对儿子们说：你们要什么，快说，我都给你们买。儿子们一向只习惯约束自己的欲望，这时几乎提不出要求。她便自己下手了，买了一大堆的玩具，儿子说：妈妈，我们已经大了！她说，不管，这都是你们小时妈妈欠你们的。然后母子四人又去国际饭店吃饭，尽兴而归。这一日在他们四个人记忆中至今仍是美好而激动人心的。

后来，她的母亲为她办理了香港签证，与她在香港会面了。这一对阔别多年的母女相见的情景有一些滑稽，母亲抱住她就哭了，而她无动于衷，母亲说：你怎么连一滴眼泪都没有呢？她说：我实在是哭不出来，我实在是对你很陌生，你走的时候，我什么都不知道。现在我也希望自己能哭，可是哭不出来，怎么办呢！弄得母亲很扫兴。母亲在香港处理一些生意上的事，她在美国有了自己的不大不小的企业，也重新结了婚，有了子女，其中最大的妹妹，是当年出去时怀在肚里的。

这期间，母亲的一个朋友，一个在美国的华人老板看上了她，希望娶她为妻，母亲也极力促成，因这桩婚姻将带给她生意上的好处，她却执意不从。我问她为什么？她说：我不喜欢。母亲对她说：如你应了这婚事，我将给你和孩子许多钱，如不应，我从此不给你任何支援。她说不应，然后从香港回了上海，生活重新陷入困境，与以往不同的是，她有了两套房子，是母亲为她买的。她便开始动房子的念头，指望这能生出钱来。她被判处三年劳教的罪行是：提供卖淫地点。

她不愿意多谈她的案情，将话题转到这三年的劳教生活，说这三年全凭了几个儿子才使她顺利地度过。天下再没比这几个儿子更好的儿子啦！她说。阿大老实，阿二精明，阿三糊涂，可阿大阿二阿三都很孝顺，三人每星期都要写很长的信给她，这些信是她最宝贵的东西，别的都是假的，唯有儿子是真的！她说。有一次，阿二来探望，她跑到招待所，就有人告诉她：那个青年是你的儿子吗？他带了个大蛋糕，一路上可不容易了，挤得要命，他拼命保护那个蛋糕。她跑进房间，对阿二说：阿二你为什么要带蛋糕呢？阿二微笑着说：妈妈你说今天是几号？今天是五月二十五日。是你的生日呀！是你三十八岁生日。你看看，这就是儿子，要知道，这不是六十年代，而是八十年代的青年呀！多么难得啊！儿子给我看他在交谊舞比赛中得到的一等奖状，我看了就急了，说：阿二，跳舞这样的事情弄不好就要出问题。阿二说：妈妈，你不要急啊，你再看！他又摊开了一张奖状，是区的新长征突击手称号证书，这就是儿子！她笑着，眼泪却滚下了脸颊！有这样的儿子，我怎么还能够去美国结婚？她问我们，我们无语。

我想，在这因重复讲叙而已经得到整理的通篇故事里，终究还有一点真实的流露，我相信自己能够从面对面坐着的这人身上，识别出什么是真的，什么是假的。当她离开我们之后，我们都改变了对她的最初印象，她所以一生坎坷，全由于一些性情的缘由：喜欢什么，或者不喜欢什么。这里的女人，似乎都缺乏一些理性，太随性情，还喜欢做梦。

采访已到了尾声阶段，我们已疲劳不堪。至今为止，我们所取得的经验是这样的：我们的谈话对象基本可分为两类，一类是经常被采访的，她们的讲述因反复的操习而具有完整的形式，有合理的逻辑，内容也比较丰富；另一类是不常被采访的，她们的讲述零乱，前言不搭后语，不通顺，文不对题，却常会有即兴的表现。第一类提供给我们比较现成的故事；第二类提供给我们的则是她们本人。第一类故事有加工的痕迹；第二类是原始的材料。处理第一类的故事有两个问题，一是区别真伪，二是从"作伪"中去认识其本人的真实性；处理第二类故事的问题则是需具有心理学和逻辑学的研究能力，将材料补充推理成完整又真实的事实。

这些日子，我们经常谈论的是，这些女人们所谈的，哪些是真话，哪些是谎言，谈到后来，我们自己也糊涂了。采访是多么累人啊！而要来找一些故事的想法也显得不切实际。

　　下午我们找的是一个二十岁的女孩，在她十九岁时，就与一伙人同去南方沿海名叫"石狮"的地方卖淫，十天内达到几十人次。队长们说这是一个言语不多的劳教，很不显眼，没有恶劣的表现，却也决不优秀，和她未必能谈出什么名堂，可她们还是派人找来了这女孩。她长得并不出色，白净的圆脸，眼睛有些斜视。被我们选中谈话，她显然是高兴的，打量我们的眼光友好而欢喜。

　　说话的时候，她常常是低着头，不愿意被我们打断，不注意我们的提问，她就好像是自己说给自己听似的——到这里来的人，哪有什么改造好的？往往是有两种情况可以使人改变，一种是想到等在外面的男朋友或丈夫，一种是为了父母，想到这些就算了，重新做人吧！这里的人，真没意思，成天争争吵吵，乱哄哄的，其实有什么可争的，各人家里寄来的东西就可证明一切了嘛！你说你上只角，档次高，可你家寄来的是些什么东西呢？一看不就清楚了吗？现在，已经规定不可以寄东西，只可以寄钱，记在大账上，需要什么到门口小卖部买，省得大家吵来吵去，小卖部还可做些生意。小卖部里只有方便面什么的，在这里就是馋，世界上没有这么馋的，一进来就是馋，吃不饱似的，什么东西都想吃。

那时，被拘留时，在拘留所，我们几个差不多年纪的小姑娘关在一起，听到了许多怪事情，世界上没有这么怪的。有个小姑娘，从小就被她爸爸强奸了。我们在一起，就是想吃东西。八月中秋那天，改善伙食，你知道我们吃多少，八两饭，一斤半煮毛豆，肚子撑得站也站不起来，我们笑得不得了，有一个年纪大的女人看了就哭，说被你们父母看到了不晓得要多么伤心呢！可我们还是笑个不停。后来，我妈妈来看我了，我是老来子，你看我二十岁吧，我爸爸已经六十多岁了，我爸爸喜欢我，世界上没有这么喜欢的，我经常从背后把他扳倒在地，滚在一起玩。我妈妈来看我，带了许多菜，我坐下就吃，我妈妈就在一边哭，她一哭，我心里就烦，起身就走，被承办员推回去，一定要接见。于是，她在旁边哭，我在一边吃排骨。我最喜欢吃肉，平时我试过，最多可以吃三块大排骨，第四块吃也是可以吃的，就不舒服了。这天，你知道我吃了多少，七块，还吃了些酱鸭什么的，回去了。

后来到了这里，我妈妈第一次来看我时，她早一天到了这附近一个亲戚家,在那里连夜烧了许多菜,然后到了这里。那天,我们就坐在这里,我妈妈又哭,我没有哭,没有眼泪,可是一点也吃不下去,真的吃不下去。她说到这里,停顿了一下,又说:我现在觉得许多事情没有意思,吃肉没有意思,穿衣服也没有意思。红的绿的,一大堆衣服放在大橱里,都来不及穿,又有什么意思呢?没有意思。她说完了,静默了下来,我们问她,去石狮赚来的钱,怎么花的呢?她说,糊里糊涂来的钱,就糊里糊涂花掉了,有时我们出去玩,吃饭什么的,都是我付钱,不好意思叫他们那些拿薪水的人付,他们挺可怜的。然后,她抬头问我们真是作家吗?我们说是的。她说她如果写了东西,能寄给我们吗?她很喜欢写东西。我们说当然可以。

我们将她送回去后,对队长说,她很愿意写东西呢!队长很困惑,说没有想到,她是很不引人注意的一个劳教。于是我们想到,当她一个人默不作声的时候,脑子里却像开锅似的,想了许多事情,这些事情已被她想得很透彻,自己对自己重复过很多遍了吧!假如我们没有找她,她所想的这些就不为人知了,我想,我们本应当多找一些不引人注意的平常的劳教谈谈,可是,时间已晚了。

太阳落下了,远处的丘陵好像用极细的墨笔描画似的，十分清晰，我们开始想家。柏树在尘土弥漫的后窗外隐没，被夕阳映得通红，燃烧一般，又立即熄灭了。

最后一天到了。很多人来问我们对白茅岭的印象，因不忍使人失望，我们说了又说，事后却想不起我们究竟说了些什么。

早上十点钟左右，去宣城的车开动了。那女孩穿了豆沙色的上衣和淡黄的短裙，去宣城精神病研究所做鉴定了。我看见队长整理她的材料时，还准备了一副锃亮的手铐，队长很熟练地检查着手铐的开关，开了又关，关了又开，手铐发出嚓嚓的响声。那女孩是背对着我走向汽车的，我看不清她的手有没有被铐上，望了那车一溜烟地开上土路，卷起一尾尘土，心里沉甸甸的，不知该希望她是精神病好，还是不是精神病好。各中队的院落里传来整齐的歌声，下午要举行歌咏比赛了。队长和劳教都非常认真，这情景唤回了我们对集体和荣誉的记忆，好像时光倒流，我们已经将这些淡忘了多久了？它曾经那样强烈地激动过我们的少年和青年时代。我们从歌声中走过大院，来到黑板报前。

各中队都辟以专栏，有一些诗歌，一些感想式的散文。这一期的文章大都是谈不久前，组织一部分表现突出的劳教去场部观看一个外地歌舞团演出的情景。其中有一小则散文诗，写的是一盆花在一个雨天里被遗忘在窗台上凋谢的事，文字流畅优美。同伴对我说：像你的风格，于是我们就非常渴望见一见这个作者。

人们说她在生病，刚从场部医院回来，队长派人去叫她，不一会儿，人就到了。她使我们都大吃了一惊，她是那样粗壮威武的一个人，剪了一个男式的头发，我甚至怀疑她也是一个"A角"，可是人们说不是。她说话的声音极低，暗哑，口气也很硬，脸上倒是和颜悦色，很好奇地打量我们，我们问那篇散文是不是她的作品，她说她只是从某本书上抄来的，这里的黑板报是允许抄的。我们先是扫兴，后又想：抄也需要才能的，第一，她必须读书；第二，她选择抄哪一篇也须有思想，就好了些，问她是不是很爱读书。她说是的，她养病，不能干别的，就看书，在她床头堆了有许多书，《三国演义》、《水浒传》什么的。我们又问她得的是什么病，她说是一种"副伤寒"，很严重，住院一个多月，现在出院了，依然不能劳动，不能吃稍硬的食物，需要营养，可是她没有钱，家里不肯给她寄钱，她的哥哥是一家街道厂的厂长，非常要强，有她这样的妹妹实在是丢了脸，也与她断绝了来往，她给他写信却从来收不到回信，她母亲是听她哥哥的。

提起她丈夫，她则咬牙切齿。她丈夫是摆西瓜摊的，那一年夏天，她发现他有了一个相好，有一日，她遇见了这个女人，就与她打将起来。一路厮打到西瓜摊前，她操起西瓜刀就要杀她丈夫，幸好被人拦下。从此，她便也去找相好的，她想：你能找，我也能找，而且找的比他多，事情就这样开始了。后来，回到上海后，我们找到她的婆家，希望他们能说服儿子寄给她一点钱。她的公公是一个老工人的模样，很擅说话，与我们谈了很多，表示不会不负责任。

这是一个真正的工人家庭，三代在铁路上做事，儿子却辞职做了买卖。房子是那种较早些年造的工房，面积不小，却很零乱，家人都显出一副长年劳作辛苦的模样。大床上却翻腾着一个特别白胖的男孩，与这家中的一切都十分不协调的，有一种贵族气息。我们说，这是你的孙子还是外孙，他回答说为人带养的孩子。老夫妇将我们送出来时，很恼火又很委屈地说：人家做那事（指卖淫）都是往家里拿进东西，只有我们家的这人，是往外拿东西，把孩子的童车卖了，缝纫机也卖了，你说世上有这种买卖吗？我们哑然。

我们采访的最后一名劳教是被人们认为最无可救药的一个，我们看了她的一些材料。劳教大队所拥有的材料不多，只一份简历表和本人写的认识、检查，案卷全存档于原公安局，她的材料较多，都是检查，所犯的错误只有一种：同性恋。她扮演的是"B角"。夜深人静时，钻到"A角"的床上，然后被急于立功的劳教举报。她写检查已是家常便饭，并毫不掩饰地流露出无赖腔调，她写道：像我们这种人，到了春天，就要发毛病，是没有办法的事。然后便兴味盎然地描绘其过程，无一细节遗漏。

队长们对她没有信心。她永远不会洗手不干，她只能吃这碗肮脏的饭，区别只在于，事情不要泄漏，一旦失足，她就再到白茅岭来。唯一的一线希望是：结婚，可是又会有哪个男人要这样的女人？反过来说，又有哪一个男人能够使这样的女人满足？她是那样的贪得无厌，欲望无边。她已经是个"烂货"啦，人们说。事情是怎样开的头呢？在她和姐姐幼年时，父母就离了婚，她跟父亲，姐姐跟继父，父亲奸污了她，她逃到母亲处，不久又被继父奸污，姐姐的遭遇也是同样的。后来，她们长大了，她在上海进了厂。她姐姐在外地有了工作，结了婚，丈夫虐待她，感情极坏，姐姐便有了一个相好，两人谋害了她的丈夫，双双入狱，她先是判处死缓，因表现优异，连连减刑。在此同时，妹妹已成了一名暗娼，几经劳教，每一回解教，第一件事就是去南京探望姐姐。不久前，她们的母亲去世了，这世界上就只剩下她们姐妹俩。

与她谈话的过程中，她总是在哭，眼泪流了满脸，她的皮肤有一种石灰似的苍白，身体看上去很瘦弱。她提到母亲哭，提到姐姐也哭，后又提到了父亲，她说她从没有过父亲，她从来不叫她父亲为父亲，她两个父亲全是不是人的父亲，我们问道：为什么那样恨父亲？她说，他们总是打我和姐姐，那年我才十一岁，他用煤球炉出灰的铁钩打我，把我脑袋打出一个洞，他每次都要把我打得出血……我们不禁不寒而栗，无法去想象日日毒打女儿的父亲在黑夜里摸到女儿床上去的情景，望了她蜷在一角，扶着床架恸哭的样子，我们难免又要去想象在漆黑的夜里，她是怎样钻进同性的床上去……她很孱弱的身体，究竟经历了多少个残酷与肮脏的黑夜啊！

最后的采访使我们心情沉重，我们送她回中队，安慰她说，出去之后，好好地找一个人过日子。她说，她曾有过一个男人，对她很好，可是那是个苏北人，她就拒绝了他。我说，苏北人有什么不好？你不应该考虑是不是苏北人的问题。她笑了起来，在她二十多岁的脸庞上，已经有了粗糙的皱纹。明知道我们这一段对话全是在说谎，全是假话，这话安慰不了她，那个苏北人的事迹无疑也是编造的，可是这样说了彼此心里都好过了一些似的。在这个女人的生涯中，再不会有真实的长久的快乐了。她使我们感到那样的无望，一个人的快乐是怎样失去的呢？失去之后还能再来吗？

歌咏比赛是最后一个故事了。

各中队列队进场，干警们穿了全套警服。两首规定歌曲，两首自选歌曲，由干警们打分，如同电视里的歌赛规则一样：去掉一个最高分，去掉一个最低分，得分为——各中队依次上场，穿了各中队自己规定的衣装，个个精神饱满，态度严肃，歌声很整齐，使人们想起少先队员的队日。表现尤其出色的是三中队，平时使队长们最头痛的"二进宫"中队，穿了一色白衣白裙，在一位红衣红裙的女孩指挥下，齐声歌唱，情绪十分激越。她们的分数遥遥领先，得了第一名。宣布的时刻，三中队爆发出热烈的掌声，那红衣女孩上台领奖时，竟流下了眼泪。而其余的中队都十分沮丧，脸上流露着不屑的神情。会后，就有最末一名的二中队队长跑到大队部查分，说评得不公，并且，有一种流言开始流传，那就是三中队评为第一名，是因为队长们鼓励她们，让她们早日改造完毕。而这一切，却都使人们变得天真和纯洁了，无论是干部还是劳教。

歌咏比赛结束了，劳教们进了工场继续做活。干部们下班回家了，汽车在路上颠簸，落日在后窗上冉冉下沉，女孩们长久地快乐地议论着歌咏比赛的事情，这给队长们带来的快乐是和带给劳教们同样多的。我感动地想道：在这里尚保留着一片圣洁的土地，一九五三年，那一批负了十字架的革命者从热闹的上海，来到了偏僻荒芜的丘陵，披荆斩棘，建立了一个新的世界。他们以他们那虽然受挫却依然虔诚的信念牢牢卫护着一支朗朗的行进着的队列歌曲。

　　他们三十年来，几乎一直过着类似供给制的生活，一个五岁的孩子第一次进上海，望着沿街的商店，惊异地说道：上海有那么多的供应站啊！甚至三十年来，他们还能完好地保留着上海的口音，而没有被四下包围着的皖南口音异化，再甚至还稍稍地、隐隐地保存了一些上海人对外地人的小偏见。它给人与世隔绝的感觉，而这些女人们却带着上海最阴暗的角落里的故事，来到这土地上。她们来了两年或三年，就走了，再回到上海去创造新的故事，又有一批女人带了最近的奇异而丑陋的故事来到这里。这些故事好像水从河床里流淌似的绵绵不断，从这里流去，留下了永远的河床。

　　在那初次来到的暴热的晚上，有一位队长对我说：

有时候，不知道自己在做这一些，有没有意义。她的脸隐在幽暗的灯影里，看上去有些软弱。我鼓励她道："我觉得很有意义，你们的劳动使一些人变好了。"她微笑着看着我们："你们相信吗？""我想，我是相信的。"因为那是初来的日子，我这样回答。"有时候送了一个人走，很快又接了她进来，这样的时候，我就不相信了。"她忧伤地转过脸，沉默了很久。

她的父亲是最早来到白茅岭的公安干部，那都是一些带了错误，怀了赎罪心情来到此地的开垦者。她又想说她父亲的事情，张张嘴又打消了念头，算了。过了一会儿，她转回眼睛，说：在这里，有一点好处。什么好处？我问。在这里，面对了劳教和犯人，你会觉得你比他们都强，都胜利，你的心里就平衡了。我心里奇异地感动了一下，我想，她是将我当成了朋友，才对我说了这样深刻而诚实的心情。那一个夜晚，是令人难忘的，月亮很炎热地悬在空中，四下里都是昆虫的歌唱。

白茅岭的采访应当到此结束了，可是过后又有一些小事，也是值得记录的。

第一件事是我的同伴宗福先牢牢记着那个淮海路上的女孩的案子，想为她的申诉提供帮助，她绝望的神情使我们耿耿于怀。他通过一些朋友关系在公安分局找到了她的案卷，卷中所记录的材料是惊人的，无法为她开脱，她对我们说了谎，效果还相当成功。这使我们对白茅岭得来的所有故事起了疑心，想到我们也许是虔诚而感动地一个接一个一共听了十几位女人的谎言，便觉得事情十分滑稽，却也难免十分沮丧。

第二件事是我们受托去看望一位一年前解教的女孩，她回到上海后遇到种种挫折，受人歧视，她曾先后来过两封信给过去的队长，前封信说：我如不是想到队长你，我就又要进去了！后封信说：假如我又做了坏事，队长你一定要原谅我，我实在太难了。我们十分周折地在一个菜市场后面嘈杂拥挤的平房里找到了她，递给她我们的名片，说如有什么困难，可来找我们。她瞥了一眼名片，说：你们是作家，作家就只能写几篇文章，登在报刊上，便完了，你们帮不了我什么的。我说我们愿意试一试。她打量了我一下，又说："你们是幸福的人，不像我们，我们只有去买好看衣服，穿在身上，自己就觉得很幸福。你们以后不要再到我们这里来了，你们如经常来这种地方，会变得残酷的。"

当我们说话的时候，总有许多人从门里走出来看我们，粗野地流露出好奇心来。在这些前后挨得很近，以至长年照不进阳光的房子里，有些什么样的生计呢？我们一无所知，我们只觉得罪恶离这里很近，只在咫尺之间。犯罪在这里，是日常的事情，就好像是处在两个世界的边缘，稍一失足，便坠入了另一个世界里。离开她家，我们上了汽车，红绿灯在路上闪耀。

白茅岭的故事就这样过去了，有时候我会想：也许我会在街上、电影院里、音乐茶座上，或者某地的宾馆里，又遇上我们所采访过的劳教们，她们将穿上全新的服装，以完全不同的姿态出现在我们面前，她们也许会认不出我们或者装作认不出我们，我们又将对她们说些什么呢？我编织着这种意外相遇的故事，我笔记本上还记录着她们出所的日子和家庭地址，甚至想过去看看她们中的某人，可是这些念头转瞬即逝，我想我是没有权力在上海去打扰她们的，对于她们，白茅岭已是过去的故事了。